全新知识大搜索

文学瑰宝

李延微　主编

吉林出版集团股份有限公司

前言

　　文学与人类文明相伴。数千年来，人类一直用文字形象地记录着——诗人们热情歌唱出对理想、生命与人生的礼赞；哲人们严肃思索着人生的意义，追寻精神世界的家园；小说家与戏剧家们描绘着人生百态，写下世间喜怒哀乐、悲欢离合……这些形象地展示着真善美与假恶丑的文字就是文学，那一部部的著作就是文学作品。

　　中华民族几千年的悠久历史，成就了博大精深的传统文化。文学用艺术的形式再现了文化的深刻内涵。当我们读到先秦大师的著作时，孔子、孟子那赤诚的忧国忧民之心，积极进取百折不挠的精神令人肃然起敬；庄子淡泊物质生活，让精神遨游于九天的情怀令人羡慕不已……至今儒家道家思想仍是中华民族思想的重要根基，追根溯源，中国几千年的古典诗歌与文学作品的思想内蕴皆在于此。

　　无论是屈原、李白的理想高歌，还是杜甫、陆游忧国忧民的深沉吟唱，辛弃疾报国无门的慷慨悲歌；无论是司马迁的叙事历史散文《史记》，还是气势豪放的苏轼散文，透过字里行间，我们都能读出作家的一颗爱国爱民的赤子之心。同时文学是展示社会的窗口，中国古代的诗歌、散文、元明清的戏剧与小说，也向我们形象地描绘了当时的社会现状与人民的生活。

　　中国现代文学发端于1919年五四新文化运动和文学革命。近百年来，中华民族经历了屈辱、忧患、抗争、崛起，直至今天的走向强大。尤其是近三十年，开放包容的社会环境，终于挣脱了各种思想束缚，文学作品出现了百花齐放、竞放华姿的绚丽场面——文学是形象的历史，让我们走进中国现代作家们的书中，去体味巨大社会变迁带给人们的不同生活与各种感受。

文学没有国界、时间、空间的限制，因为人类在精神的审美上是相通的。数千年前的古希腊、罗马文学是西方文学的源流。多姿多彩的外国文学作品不仅向我们展示了各国不同的文化、历史与地域风俗人情，更重要的是让我们透过文学之窗，了解到人类如何战胜愚昧、偏见，追求人性与灵魂至真至美的心路历程。同时各种创作流派与不同的创作风格也给我们以色彩缤纷的视觉震撼。

几千年来，文学作品浩如烟海，无法尽数。然而历经岁月的大浪淘沙，名家的慧眼识真，积淀下的多是真金与瑰宝。在众多优秀文学作品中，本着求精的原则，我选择了古今中外的一流作家与文学佳作，编写了这本《文学瑰宝》。

愿《文学瑰宝》的简短介绍能引领你到文学宝库，了解文学巨匠的人生，激起你阅读的欲望，找来原著，去阅读欣赏原著原汁原味的名篇佳作，走进作家笔下的大千世界，感悟世界，体味人生，认识自己。

目录 MuLu

目录 MuLu

第一章　中国古典文学览胜

中国有着悠久的文化传统，中国古典文学不仅昭示着中华民族的发展历程，还展示着古代作家们的思想与情感、理想和追求：闪耀思想家理性光辉的先秦诸子散文，迸发生命与理想火花的《离骚》，记录中华民族远古三千年历史的《史记》，李白充满青春气息的高歌，杜甫忧国忧民的吟唱，苏轼宽阔旷达的情怀，陆游壮怀激烈的诗章，辛弃疾的爱国词章，关汉卿的众多戏剧，曹雪芹的小说名著《红楼梦》……这些巨作，将永远照耀文学的殿堂。

在中国文学的历史长河中，诗歌发源最早，作品数量最多，体例、内容五彩缤纷、异彩纷呈。伴随着人民的生活，一幅幅鲜明的物象寄托着诗人的情感，人们用诗唱出心底的喜怒哀乐，唱出对理想的追求，唱出对生活的希望与感悟……诗歌经历了古体诗、格律诗、词、曲的几次体例的变化与发展，今天所说的古代诗歌包括了以上全部。

在我们慷慨悲歌、浅吟低唱时，那些光照千古的明星诗人们将永远在夜空中凝视着我们、祝福着我们……

🌟 中国最早的诗集——《诗经》

　　《诗经》是我国第一部诗歌总集，原名《诗》或者《诗三百》。汉代提倡儒术，据说经孔子整理过的书都被称为经，尊为经典，故称《诗经》。《诗经》共305篇，分为风、雅、颂三部分，收集了周初至春秋中叶500多年的作品。《诗经》主要是抒情言志之作，采用赋、比、兴表现手法，句式以四言为主，常用重章叠句。《诗经》广泛、真实地再现了当时的社会生活，开启了我国现实主义创作风格先河。其关注现实的热情、积极真诚的人生态度，被称为风雅精神，对后世影响极大。

🌟 风雅颂与赋比兴

002

　　《诗经》内容分风、雅、颂三部分。风是各地区的乐调，有15国风，即采自15个地区的诗，大多为民歌，共160篇。雅是朝廷正乐，分大雅、小雅，共105篇。颂是宗庙祭祀之乐，分为周颂、鲁颂、商颂，共40篇。风、雅有较高的思想与艺术价值。赋、比、兴开创了我国古代诗歌创作的基本手法。赋即铺陈直叙，可叙事描写，也可议论抒情。比是打比方，以彼物比此物。兴是触物起兴，多在开头。三种手法交相运用，但赋为比、兴的基础。

屈原与《楚辞》

　　屈原（约前339－约前278），名平，字原，战国时楚国人。我国古代第一位伟大的爱国诗人。楚辞是由屈原创造并使用具有楚地色彩的语言、乐调、名物来抒情的新诗歌形式。楚辞的直接渊源是具有神奇浪漫色彩的楚地民歌《九歌》，后经屈原加工保留下来，《离骚》等都是由此发展而来。楚辞的表现方法及风格特征深受楚民歌特有的瑰丽奇幻的浪漫精神影响，并借鉴了《诗经》的艺术精神与手法。楚辞与《诗经》一起奠定了以"风骚"为基础的传统诗歌的创作规范。

情系故国赋《离骚》

　　屈原的代表作《离骚》是带有自传性质的一首长篇抒情诗。全诗近2500字。离骚，即遭受忧患之意。《离骚》的核心是爱国，唱出了屈原对楚国黑暗腐朽政治的愤慨与热爱故国愿为之效力而不得的悲痛，也抒发了自己遭到不公待遇的哀怨。《离骚》具有极高的文学价值，同时屈原砥砺不懈、特立独行的节操及在逆境中敢于坚持真理、反抗黑暗统治的精神，为中国文人承担历史责任树立了榜样。

纯朴的歌唱：《汉乐府》

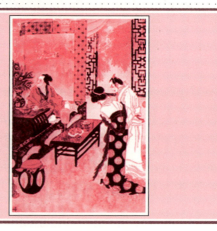

《汉乐府》是指由汉代朝廷音乐管理机构（乐府）搜集、保存而流传下来的汉代诗歌。它继承了《诗经》的现实主义传统，具有“感于哀乐，缘事而发”的特点，道出了当时的苦与乐、爱与恨及对于生与死的人生态度。《汉乐府》诗的作者涵盖了从帝王到平民的各个阶层，笔触深入社会生活的各个层面，展示了丰富多彩的艺术画面。《汉乐府》叙事诗情节波澜起伏，扣人心弦，标志着中国古代叙事诗的成熟，代表作是《孔雀东南飞》、《陌上桑》等。

南北双璧：《孔雀东南飞》与《木兰诗》

《汉乐府》长篇叙事诗《孔雀东南飞》与北朝民歌长篇叙事诗《木兰诗》被称为南北双璧。《孔雀东南飞》讲述了恩爱夫妻焦仲卿与刘兰芝在幸福婚姻被封建势力活活拆散后，双双自杀，以此来反抗包办婚姻的封建制度，表白他们至死不渝的爱情故事。《木兰诗》描绘了一个女扮男装、代父从军的巾帼英雄，她把对祖国、对亲人的爱融合到一起。花木兰这个植根于北方土地富有血肉与人情味的女英雄形象，是人民理想的化身，在男尊女卑的封建社会尤为可贵。

《古诗十九首》

　　《古诗十九首》代表了汉代文人五言诗的最高成就。它出自汉末多个文人之手，未留下作者姓名。基本内容是抒发游子的羁旅情怀和思妇的闺愁，透彻地揭示出许多人生哲理与作者独特的感受：四季的变化展示了轻烟薄雾般的愁思，不同的空间产生的情感微妙感受以及深切的人间冷暖与世态炎凉感。许多诗篇以其情景交融、物我互化的笔法，构成浑然圆融的艺术境界。语言达到炉火纯青的程度，钟嵘称它："惊心动魄，可谓几乎一字千金。"

三曹与七子

　　汉末建安时代，以曹操父子为中心，"七子"群星环绕，形成诗歌创作的新气象。当时动乱不息，建安诗人处于时代与个人双重悲剧的交汇点上，他们敢于正视苦难社会与人生，富于忧国之思和"拯时济物"的宏愿，展示自己及时建功立业的雄心；在创作中继承了《汉乐府》浑厚、刚健、朴素的特色，又努力展现独特的个性风貌，写下清新刚健的诗篇，这就是建安风骨。"三曹"：曹操、曹丕、曹植。"建安七子"：王粲、孔融、刘桢、陈琳、阮瑀、应场、徐干。

✹ 曹丕的《燕歌行》：七言诗之祖

　　曹丕的七言诗《燕歌行》二首，是我国现存最早的成熟文人七言诗，被誉为"七言之祖"。《燕歌行》对后代七言歌行体诗的发展产生了重大影响。曹丕的《燕歌行其一》最为著名，这首诗叙写了一个女子在秋风萧瑟天气转凉的秋夜辗转难眠，苦苦思念淹留他乡的丈夫。女主人公情思描写细腻婉曲，深切感人。曹丕的诗善于抒写个人情感——征人、思妇的离别思乡之情，语言清丽，音韵和谐，淋漓尽致地展现了他娟丽婉约的诗风。

✹ 曹植与五言诗

　　曹植（192—232），字子建，建安诗坛杰出代表。他是第一位大力写作五言诗的文人，对诗歌的发展做出了杰出的贡献。政治与人生的悲剧客观上促成了他诗歌创作的卓越成就，诗中充满拯世济物的理想和恃才傲物的性格，骨气奇高，辞采华茂。他的诗体现了乐府诗向文人诗的转变：有《诗经》"哀而不伤"的庄雅，含《楚辞》深邃的奇谲；继承了汉乐府反映现实的内容，保留了《古诗十九首》温丽悲远的情调。

✹ 竹林七贤

竹林七贤是三国魏末时期七位名士的合称。他们是谯国嵇康、陈留阮籍、河内山涛、河内向秀、沛国刘伶、陈留阮咸、琅邪王戎。由于他们互有交往，而且曾集于山阳（今河南修武）竹林之下肆意酣畅，故世称竹林七贤。他们的思想倾向略有不同：嵇康、阮籍、刘伶、阮咸始终服膺老庄，越名教而任自然，山涛、王戎则好老庄而杂以儒术，向秀则主张名教与自然合一。竹林七贤在文学创作上亦成就不一。

阮籍与《咏怀诗》

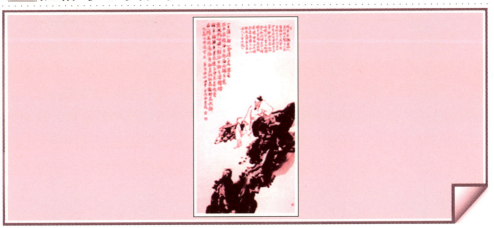

阮籍（210－263），"竹林七贤"的领袖。他本有济世之志，但面对污浊社会和短暂人生，无法找到真正出路，只好故意酣饮和故作旷达，做出许多惊世骇俗之事（自称"青白眼"，对礼俗之士作白眼，对志同道合者作青眼；常"率意独驾，不由径路。车迹所穷，辄痛哭而反"）。用诗歌抒情抒怀，代表作《咏怀诗》82首就是政治感慨的记录，借比兴象征手法抒感慨、发议论、写理想，开创了中国政治抒情诗的先河，对后世产生重大影响。

✸ 田园诗人陶渊明

　　陶渊明（365－427），又名潜，字元亮，号五柳先生，东晋人。41岁时"不为五斗米折腰"而辞官归隐，此后一直过着"躬耕自资"的隐居生活。他是中国文学史上第一个成功地将"自然"提升到美的至境，描写日常田园生活，表现生活中的哲理，开创了"田园诗"这种新题材。通过描写田园景物的恬美、田园生活的简朴，着力表现自己田园生活的怡然自得之乐。诗风平淡自然，巧妙地将写景、叙事、抒情与阐发体验到的生活哲理融为一体。代表作有《归园田居》、《饮酒》等。

✸ 谢灵运的山水情怀

　　谢灵运（385－433），南朝诗人。谢灵运生于晋、宋易代的社会动荡时期，因政治抱负不得施展，自出任永嘉太守后，纵情山水，肆意遨游，并写成诗咏。此举既发泄了内心的不满，也在山水清音中得到心灵的慰藉。他开创了"山水诗"，将山水作为独立的审美对象，在诗中客观描摹鲜丽清新的自然美景。山水诗的创立标志着人与自然进一步的沟通与和谐，标志着一种新的自然审美观念与审美情趣的产生。代表作有《登池上楼》、《入彭蠡湖口》等。

🏵 南朝诗人谢朓

　　谢朓（464－499），齐梁时期杰出的诗人。他对诗的贡献是：一、探索了新诗体，与沈约等开创了"永明体"，把平仄四声与对偶运用于诗歌创作中，使诗歌从比较自由的"古体"向格律严整的"近体"迈出重要的一步。他的诗音韵流畅和谐，琅琅上口，铿锵悦耳。二、发展了山水诗。他继承了谢灵运细致清新的特长，并通过山水景物来抒发情感意趣，达到情景交融的境界。因与谢灵运同族，比谢灵运小80岁，故人称"大谢"、"小谢"。

❈ "初唐四杰"

　　"初唐四杰"指生于初唐贞观年间的诗人王勃（650－676）、杨炯（650－693）、卢照邻（约637－689）和骆宾王（619－约684）。他们有变革文风的自觉意识，审美追求明确：反对纤巧绮靡，提倡刚健骨气。他们都确有文才而自负很高，官小才大，名高位卑，心中充满了博取功名的理想和激情，都积着不甘居人之下的雄杰之气，因此在诗作中，重视抒发一己之怀，作不平之鸣，充满阔大的气势和慷慨悲凉的感人力量。在创作中，王、杨长于五律，卢、骆长于七言歌行。

❈ 盛唐之音的序曲：陈子昂的诗

陈子昂（661-702），初唐诗人，唐代诗歌革新的先驱。他在理论上提出诗歌创作应师法"汉魏风骨"，主张恢复古诗比兴言志的风雅传统，提出应将追求风骨与声律、词采之美结合的诗美理想。他的诗歌充满壮伟之情和豪侠之气，反映出一个时代士人精神面貌，体现出极强的个性风采。其千古绝唱《登幽州台歌》，唱出历史上无数心怀天下而身处困境者的心声，是齐梁以来从未听到过的洪钟巨响。他开启了盛唐诗歌的序曲，对唐诗的发展有重大影响。

《春江花月夜》

《春江花月夜》是唐代诗人张若虚（约660-约720）采用乐府旧题创作的长篇歌行体诗。作者赋予《春江花月夜》全新的内容，将画意、诗情与对宇宙奥秘和人生哲理的体察融为一体，创造出情景交融、玲珑透彻的意境。在诗歌意境创作上，作者将真切的生命体验融入美的意象，用浓烈的情思氛围绘出空明、纯美的诗境，表明唐诗意境的创造至此已进入炉火纯青的阶段。一首《春江花月夜》也奠定了张若虚在唐诗史上的大家地位。

✸ 边塞诗派——岑参与高适

　　盛唐时期，以边塞为题材的诗歌创作蔚为壮观。边塞诗人中以高适（700—765）、岑参（约715—770）、王之涣（688—742）等最为著名。他们描写奇丽壮阔的边塞景色，抒发驰骋沙场、建功立业的壮志和慷慨从军、抗敌御侮的豪情，也反映征夫思妇的幽怨，揭露将士间的矛盾。盛唐边塞诗具有慷慨、豪放、悲壮的风格，创造了一种壮阔奇伟之美。高适《燕歌行》、岑参《走马川行奉送出师西征》、《白雪歌送武判官归京》、王之涣《凉州词》等都是千古传诵的名篇。

✸ 自然的禅意：王维的诗

　　王维（701－761），盛唐山水田园诗的代表作家。王维归心佛法，中年后亦官亦隐的生涯，加之他精通音乐，擅长绘画，善于细致敏锐地观察自然，因此其抒写隐逸情怀的山水田园诗创造出"诗中有画，画中有诗"的静逸、明秀诗境。诗中展示了作者忘情于山水而自甘寂寞的高逸情怀，自然的宁静之美与作者空明的心境完全融为一体，达到"心静如空"的境界，创造出毫无纤尘之扰的纯美诗境。代表诗作有《山居秋暝》、《终南山》等。

隐逸诗人孟浩然

　　孟浩然（689－740），盛唐诗人中终身不仕的一位作家，也是一位山水田园诗人。他是唐代第一个大量写作山水诗的诗人，成就仅次于王维。他一生多次出游，且偏爱舟行，写下许多平淡清远而又意兴无穷的山水诗，如《宿建德江》、《耶溪泛舟》等。在其冲淡空灵的诗境中，让人体味到诗人空明与寂静的心境。他的田园诗，更贴近自己的隐逸生活，诗中景物常常是他自己的生活环境，语言平淡、自然，不假雕饰，如《春晓》、《过故人庄》等。

"七绝圣手" 王昌龄

王昌龄（约698－756），盛唐边塞诗人。他的边塞诗充满阳刚之气，多用乐府旧题写成七言绝句。在《从军行》、《出塞》这两组著名七绝中，以大漠、雪山、长城、秋月等旷远苍凉的边地为背景，充溢着戍边将士"不破楼兰终不还"的豪情，诗中将离愁别怨与英雄气概融为一体，声情悲壮激昂。其七绝意境雄浑开阔，情调激越悲凉，当时有"诗家天子王江宁"的美称。因他擅长写七绝，且成就极高，所以被后人称为"七绝圣手"。

"天子呼来不上船" ——诗仙李白

　　李白（701－762），继屈原之后最伟大的浪漫主义诗人。他的诗歌热烈追求光明，抨击黑暗现实，赞美祖国雄美山川，歌颂淳朴友情与高尚品德。感情豪迈奔放，色彩瑰玮绚丽，想象丰富奇特，风格飘逸、奔放、雄奇、壮丽。李白独特的个性魅力表现在"天生我材必有用"的非凡自信，"安能摧眉折腰事权贵"的独立人格，"戏万乘若僚友"的凛然风骨，对后代文人产生了巨大的影响。脍炙人口的佳作有《蜀道难》、《将进酒》、《行路难》等。

✿ "安得广厦千万间" ——忧者杜甫

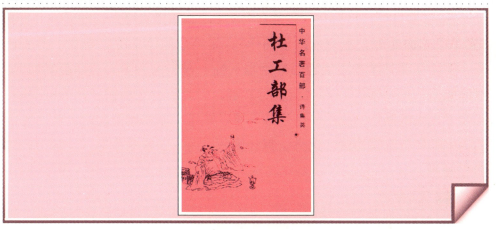

　　杜甫（712－770），古代最伟大的现实主义诗人。他的诗真实地反映了唐王朝安史之乱时期广阔的社会生活，充满强烈的忧国忧民的情怀，被称为"诗史"。又因其诗极高的思想性和艺术性，他被尊为"诗圣"。他善于吸取一切文学的营养并发扬光大，形成"沉郁顿挫"的风格（沉郁：感情悲慨壮大深厚；顿挫：感情波澜起伏、反复低回）。他擅长诗歌各体，尤其对七律的发展做出杰出贡献，佳作《登高》被誉为"古今七律第一"。

🏮 "惟歌生民病" 的白居易

　　白居易（772－864），中唐诗坛杰出的现实主义诗人。在文学上主张"文章合为时而著，歌诗合为事而作"，是新乐府运动的倡导者。他的诗歌，突出强调并全力表现通俗性与写实性，在中国诗史上占有重要地位。其讽喻诗，如《秦中吟》、《新乐府》等，广泛尖锐地揭露了政治的黑暗，反映了人民的痛苦；采用一诗专咏一事、题下小序点出主旨的形式，形成口语化的民歌咏叹情调。另外，其长篇叙事诗《长恨歌》与《琵琶行》也非常著名。

🏮 韩孟诗派

韩孟诗派是指中唐时韩愈（768－824）、孟郊（751－814）等因相同的诗歌理论与创作风格而结成的团体。他们认为：作诗应不平则鸣，"笔补造化"，并崇尚雄奇怪异之美。韩愈的诗以气势雄大见长，意想怪异著称，如《石鼓歌》；孟郊的诗怪异、幽僻、冷涩，以苦吟著称，注重造词炼字，追求构思的奇特超常，人称"郊寒"最为恰切；李贺（790－816）多以乐府体裁驰骋想象、夸张，自铸奇语，表现苦闷情怀，具有凄艳诡激的诗风。韩孟诗派还有卢仝、马异、刘叉等人。

民歌情调：刘禹锡的诗

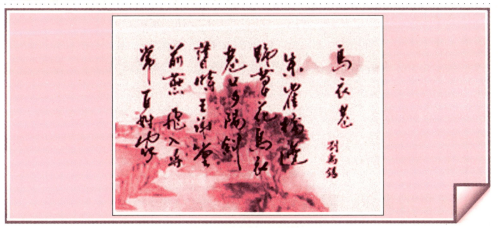

刘禹锡（772－842），中唐著名诗人。因参加王叔文革新集团，反对宦官和藩镇割据势力，在穷僻荒远的贬所度过大部分人生。其诗歌主要内容是抒写内心的哀怨，表现身处逆境而不肯降心辱志的精神，《浪淘沙词其八》与《杨柳枝词其一》中，坚毅高洁的人格精神跃然纸上。刘诗语言平易简洁，风情俊爽，在民歌的影响下，创作了许多富有民歌情调的清新质朴、直率自然的诗作，其中《竹枝词》最为著名。白居易曾称其为"诗豪"。

朦胧的情思：李商隐的无题诗

　　李商隐（约813－约858），晚唐著名诗人。因受当时党争影响，被人排挤，潦倒终生。他善于把心中复杂惆怅莫名的情绪，化为诗中恍惚迷离的意象，形成雾里看花般的朦胧诗境与情思，词意缥缈难寻，具有多义性，因此他的无题诗的内容一直众说纷纭。抒情之作中，最杰出的是以无题为中心的爱情诗，他以平等、纯情的态度写爱情与女性，情真意挚，深厚缠绵，如《无题·相见时难》等。他把感伤情绪注入朦胧瑰丽的诗境，形成凄艳浑融的风格。

末世的惆怅：晚唐诗人杜牧

杜牧（803－852），晚唐著名诗人，与李商隐并称"小李杜"。杜牧才华横溢，抱负远大，颇有建功立业之志，但唐王朝的末世景象与自身抱负的落空，只能使诗人借怀古咏史之作，在即景抒情中注入深沉的忧国忧民的感慨，如《过华清宫三绝句》。抒情写景诗清新俊爽，明丽自然，成就最为突出。他擅长七律、七绝，七绝中脍炙人口的名篇有《赤壁》、《山行》、《江南春》、《泊秦淮》等。借古讽今的短赋《阿房宫赋》也颇有盛名。

▥ 平淡为美的宋代诗歌

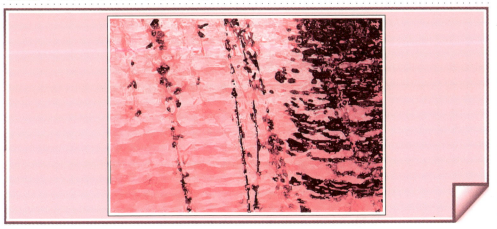

宋诗在继承唐诗成就的基础上，形成了独特的风格。在大诗人苏轼、黄庭坚等"以俗为雅"的审美观念引导下，诗歌更加贴近日常生活，以日常平凡小事作为诗的题材。如苏轼曾咏水车、秧马等农具，黄庭坚曾写咏茶之诗。宋人的送别诗多写私人交情与自身感受，山水诗则多写游人熙熙攘攘的金山、西湖。同时受"文以载道"的影响，在诗中加入较多的议论。语言更通俗，采用俗字俚语，平易近人。这些构成宋诗创作上的整体风格追求：以平淡为美。

❋ 苏轼的理趣诗

　　苏轼（1037－1101），宋代极负盛名的全能作家。他的诗作题材广泛，风格多样，是北宋诗歌的最高成就。他创作了一些优美动人、饶有趣味的理趣诗。如在《题西林壁》与《和子由渑池怀旧》中，"不识庐山真面目"和"应似飞鸿踏雪泥"，通过鲜明的艺术意象自然表达出人生的哲理与理性的反思，这类诗作还有《泗州僧伽塔》、《饮湖上初晴后雨》和《渔父慈湖夹阻风》等，诗人独具慧眼，善于从极平常的生活和自然景物中发现妙理新意，为诗歌创作增添了新题材。

❋ "无一字无来处"：北宋诗人黄庭坚

　　黄庭坚（1045－1105），北宋著名诗人，"苏门四学士"之一，两宋之际最大诗派"江西诗派"的领袖。其作诗理论是："诗词要从学问中来"，认为诗文"无一字无来处"，写诗应将古人语言巧妙翻新，"点铁成金"。黄诗的特点是文人气和书卷气特别浓厚。他喜欢吟咏书画、茶、笔墨纸砚等文人物品，在展现高雅情趣中表现诗人的情感。立意、修辞求新求变，追求炼字与用典，声律奇峭，形成独具特色的"山谷体"，但也有奇险、生硬等不足。

北望中原：陆游诗歌的爱国情怀

　　陆游（1125－1210），南宋伟大的爱国诗人。陆游"六十年间万首诗"，流传至今的就有9300余首，是我国古代作品最多的诗人之一。他诗歌主要内容是抗敌复国，突出的主题就是表现爱国主义精神。诗人以激越悲壮的声音，唱出了渴望祖国统一的强烈愿望，抒发了自己"一生报国有万死"的意愿和"报国欲死无战场"的悲愤。他的诗歌，把爱国主题弘扬到前所未有的高度，为宋诗注入了英雄主义和阳刚之气。代表作有《关山月》、《书愤》等。

✹ 琵琶起舞换新声——词的兴起

　　词是一种和音乐紧密结合的诗歌形式，产生于隋，发展于唐五代，盛于宋。词源于民间，敦煌曲子词是现存最早的词，它保存了民间词浓烈生活气息的朴素风格。词又叫"曲子词"、"长短句"。其兴起与唐代音乐发达、城市繁荣有密切关系，唐代以琵琶为主的西域音乐大量传入内地，结合内地民间歌曲，创制出许多新乐曲，广泛流行于宫廷、民间，一些文人也写出了优秀的词，如张志和的《渔父》，韦应物的《调笑令》，白居易的《忆江南》等。

✹ 花前月下的歌吟：温庭筠与花间词

温庭筠（约812－866），晚唐诗人中写词最多的作家。他颇有文才，精通音律，长期出入秦楼楚馆，"能逐弦吹之音，为侧艳之词"，其词多写闺情、相思，色彩浓艳，辞藻华丽，构成"香而软"的风格。现存词作60余首，大都收入《花间集》中，成为花间派的鼻祖。《花间集》是第一部文人词总集，由五代后蜀赵崇祚所编，选录晚唐、五代18位作家的500首词，这些词的内容风格与温词相近，"花间"恰好形象地展示了其特点。

宋代第一个"专业"词人——柳永

柳永（约987－约1053），北宋第一个"专业"写词并对词进行革新的作家。柳永第一个大量创制篇幅较长、音韵繁复的慢词，扩大了词的内涵；他拓展了词的题材，变雅为俗，表现市民生活与感情，描写都市的繁华和市井风情，成就最高的是描写羁旅行役之苦的作品，情景交融的《雨霖铃》与《八声甘州》皆为名作。词作以铺叙见长，善用白描，多用口语，清浅平易，在宋代"凡有井水饮处，即能歌柳词"，流传极广。

抒写性情的苏轼词

　　苏轼是豪放词派的开创者，对词的贡献超过了他的诗、文。继柳永后他对词体进行了全面改革，最终突破了词为"艳科"的传统樊篱，凡怀古、感旧、记游、说理等诗人惯用的题材，他都用词表达，极大地开拓了词境，扩大了词的表现功能。他的词作重在抒写性情，豪放词代表作有《水调歌头·明月几时有》、《念奴娇·赤壁怀古》、《江城子·老夫聊发少年狂》等；他也作表现爱情的婉约词，如《蝶恋花·花褪残红青杏小》、《江城子·十年生死两茫茫》等。

格律谨严的周邦彦词

周邦彦（1056—1121），北宋著名词人。他一生仕途几度沉浮，羁旅行役之感成为其词作的主题之一。另一类咏物词，将身世飘零之愁、仕途沦落之悲、情场失意之苦与所咏之物融为一体，为南宋咏物词的重寄托开启了先河。他精通音律，创制了许多新词调。作词讲究法度、规范，格律谨严，讲求音律，追求语言的高雅、典丽，写景状物，极尽工巧。后代"作词者多效其体"。他对词的形式发展有一定贡献，备受后代词家推崇。

"别是一家"的李清照词

李清照（1084—约1151），南宋前期著名女词人。她提出词"别是一家"的理论，反对以作诗、文之法作词，进一步确立了词的独立文学地位。其词作生动地展示了她的生命历程和感情历程：以南渡为界，前期词大多写她少女少妇生活，词风清丽婉约，如《如梦令·昨夜风疏雨骤》、《醉花阴·薄雾浓云愁永昼》等；后期词多写国破家亡的惨痛心境，词风沉哀凄苦，如《声声慢·寻寻觅觅》。其词善用白描，语言清丽素雅，别开生面，创造出水墨画般清婉秀逸之境。

稼轩的豪放词

　　辛弃疾（1140－1207），号稼轩，南宋最著名的爱国词人。他继承苏轼的豪放词风，被并称为"苏辛"。他进一步拓展了词境，以强烈的政治热情和豪壮的英雄本色，把词引向更广阔的社会现实。词作表达了渴望收复失地、统一祖国的热望和壮志难酬的悲愤，其豪放词博大雄奇，慷慨悲壮，长于比兴，并大量运用典故，充满爱国激情与热血男儿的阳刚之气。有《水龙吟·登建康赏心亭》、《破阵子·醉里挑灯看剑》、《永遇乐·京口北固亭怀古》等名作。

"幽韵冷香"的姜夔词

姜夔（约1155－约1221），南宋词人，精通诗词散文和音乐书法，是继苏轼后又一艺术全才。他是位耿介清高的江湖雅士，清贫自守，一生不仕。姜夔生活的时代是令人灰心失望的时代，加上他一生贫病交加，所以其词常将人生的失意和对国事的感慨与景、物融为一体，用冷香、冷月、暗柳等衰冷的意象营构出"幽韵冷香"的词境，表现他凄苦孤寂的人生感受。他常自制词谱，音节谐美。注重炼字，力求语言清刚醇雅，被奉为雅词的典范，代表作《扬州慢》。

☀ 元好问的"纪乱诗"

元好问（1190－1257），金代著名的诗人，杰出的诗论家。他生于金末的动乱时代，亲历亡国的惨痛，写出一系列雄浑悲壮的"纪乱诗"，生动地展示了金、元易代之际的社会现实。他的诗并非一味哀叹悲泣国家灭亡、人民遭难的现实，而是把悲壮慷慨之情寄托于苍莽雄阔的意境之中，把对现实的悲怆情怀与对历史的批判意识融合为一体，如《癸巳四月二十九日出京》、《出都》、《歧阳三首》等。他的七律受杜甫影响，成就突出。

🌸 文坛奇葩：散曲

　　散曲是元代继诗、词后兴起的新诗体，代表了元代诗歌创作的最高成就。散曲是和乐的诗歌，分小令和套数两种形式。套数是由两个以上的同一宫调若干曲子连缀而成，一韵到底；小令体制短小，通常以一支曲子为独立单位。无论质量或数量小令都居于散曲主要地位。散曲的特点是押韵灵活，可平仄通押韵；句中可增加衬字。散曲内容涉及社会生活的各个方面。著名散曲作家有关汉卿、马致远、白朴、张可久、张养浩、乔吉、睢景臣、刘时中等。

🌸 "曲状元"马致远

马致远（约1250－1321后），元代杂剧作家、散曲家，被誉为"曲状元"。在开拓散曲的题材、提高散曲的意境方面卓有成就。他的散曲带有更多的传统文人气息。今存其散曲120多首。他的散曲融奔放的情感、旷达的胸襟、深沉的意境与透辟的哲理于一体，语言放逸宏丽，对仗工整妥帖，他视为元散曲豪放派的代表作家。小令俊逸疏宕，别具情致。脍炙人口的小令《天净沙·秋思》仅28字就勾勒出一幅秋野夕照行旅图，景中含情，情景交融，被誉为"秋思之祖"。

清词的复兴与纳兰性德

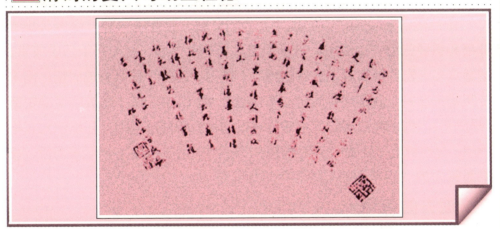

清代词人辈出，成就超过元、明，一般认为是词的中兴。在数以千计的词人中，满族词人纳兰性德（1654－1685）犹为引人注目。他官至一等侍卫，深受宠信，但他厌倦仕宦生涯，生平谨慎，郁郁寡欢。他善作小令，词作多半抒发离别相思及个人命运的哀怨、历史引发的惆怅，低沉婉转，抑郁蕴藉。抒写离别相思与怀念亡妻的爱情词是其佳作，写景抒情，感情真挚自然，长于白描，婉丽清新，在清初自成一家。

中国少数民族三大英雄史诗

032

　　史诗内容多为叙述人类早期社会的发展、民族的形成及民族英雄的业绩和重要的历史性战争。其规模宏大，有韵可歌，叙述长篇历史故事，塑造众多人物，具有叙事长诗的特点，常出现在一个民族形成时期，用主要英雄来命名。我国最有名的少数民族三大英雄史诗是：藏族的英雄史诗《格萨尔》、柯尔克孜族的英雄史诗《玛纳斯》和蒙古族的《江格尔》。《格萨尔》是世界上最长的一部英雄史诗，分120多部，共计100多万行，被称为东方的"伊利亚特"。

逝去的诗话

　　诗话，是中国古代诗歌理论批评的一种特有的形式。诗话这一名称，始于北宋欧阳修的《六一诗话》。诗话不以系统、严密的理论分析取胜，常常以三言五语为一则，发表对创作及艺术规律方面直接性的感受和意见。而它们的理论价值，往往就在这些直接性的感受和意见中体现出来。诗话论诗自由灵活，颇具东方美学感悟性、随机性的特征，它是古代人们评论诗人诗作、发表诗歌理论批评意见的一种广泛流行的形式。

■ 皎然与《诗式》

　　皎然（生卒年不详），唐诗僧，著名文学理论家。其所著《诗式》是中国诗歌理论批评史上一部重要的著述。皎然在《诗式》中对诗歌原理部分的阐述颇为精辟。他认为"两重意已上，皆文外之旨"，就是要求诗歌的形象需蕴藏着远远超出形象本身的意义。他提倡"假象见意"，就是主张作家把心中的情思融入到所描写的形象之中。他还认为高手之作，"但见情性，不睹文字，盖诣道之极也。"如此深邃的文艺理论思想，产生在公元8世纪，为东西方学术界所称道。

《二十四诗品》

司空图（837-908），唐代著名诗人、诗论家。其所著《二十四诗品》，简称《诗品》，是中国文学理论批评史上具有重要地位和深远影响的论诗专著。司空图把诗歌的艺术风格分为雄浑、冲淡、纤秾、沉着、高古、典雅、洗练、劲健、绮丽、自然、含蓄、豪放、精神、缜密、疏野、清奇、委曲、实境、悲慨、形容、超诣、飘逸、旷达、流动这二十四品类，每类各用十二句四言韵语，描述了呈现如此风格的诗歌的独特特征，也涉及作者的思想修养和写作手法，在诗歌理论中建立了一种别致隽永的评论体例。

《六一诗话》

此书为欧阳修晚年的作品。它的问世，始立"诗话"之名，开后代文人诗话之先河。《六一诗话》内容丰富、形式活泼、以漫谈的形式，表现欧阳修的诗论主张。欧阳修提倡格高而又简淡的诗风，崇尚自然含蓄。书中引梅圣俞话说："诗家虽率意，而造语亦难。若意新语工，得前人所未道者，斯为善也。以能状难写之景如在目前；含不尽之意见于言外，然后为至也。"《六一诗话》还认为诗的表现对象应当多样化，不要只局囿于"山、水、风、云、竹、石、花、草、雪、霜、星、月、禽、鸟"之类俗套。

《岁寒堂诗话》

此书由张戒（生卒年无法确考）所作，张戒有诗才，但作品并没有流传下来。他与江西诗派著名诗人交往密切，对江西诗派的流弊有较深的理解。《岁寒堂诗话》就是在批判苏、黄诗风的基础上，阐述自己的诗歌理论主张。张戒在艺术风格上强调含蓄蕴藉，所谓"其词婉，其意微，不迫不露"。他批评白居易的诗"情意失于太详，景物失于太露，遂成浅近，略无余蕴"。他认为好诗应该具备"意"、"味"和"气"、"韵"。反对以议论为诗、以押韵为诗的倾向，认为是"诗人中一害"。

🏵《沧浪诗话》

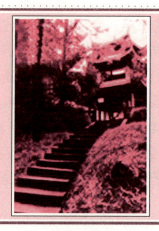

　　西方学者斯宾加恩认为《沧浪诗话》"在8个世纪之前就预示了西方世界关于艺术的现代概念"。的确，严羽（生卒年不详）所作的《沧浪诗话》，具有较强的系统性、理论性，是宋代最负盛名、对后世影响最大的一部诗话。严羽以禅喻诗，重在妙悟。指出诗歌的最高标准是"入神"。严羽推崇那种空明、超然的形象，由这种形象构成诗歌的整个意境，具有含蓄蕴藉的特点。这就是他所说的"透彻玲珑，不可凑泊，如空中之音，相中之色，水中之月，镜中之象"的具体含义。

🏵叶星期与《原诗》

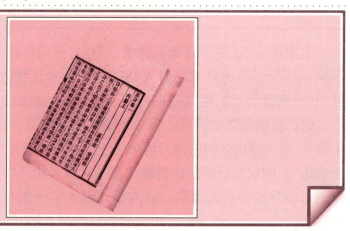

《原诗》作者是清代著名诗论家叶燮（1627—1703），他字星期，号己畦，寓居横山，时称横山先生。叶燮主张诗的创作以"在我"之"才、胆、识、力"反映"在物"之"理、事、情"。即诗歌创作要有主、客观两方面的条件。主观方面应具备才、识、胆、力，客观方面应当乎理，确乎事，酌乎情。诗歌创作的法则正体现在这些具体问题的追求与解决中。他认为，诗法虽着落在理、事、情等具体方面，却又因人因时而异，具有千变万化复杂微妙的规律。《原诗》以理论的创造性和系统性居清代众多诗论专著之上，对后世产生很大影响。

✹ 自由灵活的《艺概》

《艺概》选自清代著名作者刘熙载的《古桐书屋六种》，是作者平时论文谈艺的汇编，全书共 6 卷，分为《文概》、《诗概》、《赋概》、《词典概》、《书概》、《经义概》，分别论述文、诗、赋、词、书法及八股文等的体制流变、性质特征、表现技巧和评论重要作家作品等。刘熙载自称其谈艺"好言其概"，故以"概"名书。所谓"概"，即指得其大意、言其概要，以简驭繁，"举少以概乎多"，使人明其指要，触类旁通。这是刘熙载谈艺的宗旨和方法，也是《艺概》的鲜明特色，它以自由灵活的方式分条论述问题、评论作家作品，看上去零言碎语，实则章法有序，自成系统。

🏵《人间词话》：中西美学融合的结晶

038

　　《人间词话》是王国维文学理论批评的代表作，在学术界影响颇大。它熔中国古典文论和西方哲学、美学于一炉，建立起自己的一套文艺理论体系。它虽为论词之作，但旁通众艺，涉及的问题相当广泛，不仅仅限于词，"可以作为王氏一家的艺术论读"（夏承焘《词论十评》），它突破了清代词坛浙派、常州派的门户之见，独标一帜。它在探求历代词人创作得失的基础上，结合作者自己艺术鉴赏和艺术创作的切身经验，提出了"境界"说，为王国维艺术论的中心与精髓。围绕境界这一中心，《人间词话》提出和论述了写境与造境、有我之境与无我之境、景语与情语、隔与不隔、对宇宙人生的"入乎其内"与"出乎其外"等理论命题，深邃地阐释了艺术真谛。

🏵古代散文朝圣

　　散文是最早出现的文学形式之一。在三千多年的文学发展中，散文经历了重大的变化，由先秦、两汉散文内容的文、史、哲不分，至魏晋时代的文学独立，从史书中逐渐脱离出来，它历经"散体——赋体、骈体——兼各体之长的散体"的过程，到唐、宋时，古代散文达到内容、形式的巅峰。在中国文学史上，无数著名的或无名的作家，为中国古代散文的发展做出了伟大的贡献，使古代散文呈现瑰丽多姿的壮观景象。

文学范本之一：先秦叙事散文

　　先秦时期，记载历史的《左传》、《国语》、《战国策》等史书的出现，标志着叙事散文的成熟，开启了我国叙事文学的传统，并对后代的文学创作产生了深远的影响。《左传》、《国语》、《战国策》等著作的思想、体例、写作艺术直接启发了后世史传文学；后世几次文学"复古"运动都将其（《左传》文学成就为最高）作为散文写作的范本；先秦叙事散文还奠定了我国古代小说基本的叙事结构，古代小说描写人物的基本手法至此已初具规模。

🏵 文学范本之二：先秦诸子说理散文

　　春秋战国时期，文化学术思想空前活跃，在百家争鸣中，产生了探索宇宙人生、讨论治国之道的先秦诸子说理散文。其经历了语录体、对话体论辩文、抒情性说理文、专题论文的发展阶段。它们以鲜明的个性、丰富的形象、充沛的情感、严谨的逻辑、生动的语言，成为后代说理散文的楷模。以儒、道为代表的说理散文，以深厚的思想内涵和文化意蕴，确定了作家的人格理想与作品的审美风范，成为中国古代文学的基石之一。

🏵 言简意深的《论语》

《论语》记载了孔子（前551－前479）及其弟子的言行，由孔子弟子及再传弟子编纂而成。《论语》是语录体散文集，辑录成书在战国初年。《论语》全面展现了儒学大师孔子政治、哲学、教育、伦理、文化等各方面的思想。《论语》的文学性在于对孔子言行举止、生活习惯的记载中，表现了亲切感人的文化巨人孔子的形象，全书用形象简约的语言表达了深刻的哲理。《论语》言近旨远、词约义丰的说理，形象隽永的语言，对后世影响深远。

气盛言宜的《孟子》

《孟子》七篇主要记录了儒家大师孟子（前372－前289）的谈话，由孟子与其弟子共同编著。该书表现了孟子对儒家学说的继承与发展，记录了孟子游说诸侯，宣传自己行王道、施仁政的政治主张的活动内容。气势浩然是《孟子》论辩散文的重要风格特征，它源于孟子人格修养的力量。巧妙运用逻辑推理的方法，善于采用欲擒故纵、反复诘难的手法，并大量使用反问、排偶等修辞来加强文章气势，使文气磅礴，具有难以阻挡的气势。

汪洋恣肆的《庄子》

　　先秦说理散文中，最有文学价值的是道家代表作《庄子》。《庄子》33篇，分为内篇、外篇、杂篇三部分。一般认为，内篇为庄子（名周，约前369－前286，战国时宋国人）所作，其他出自后学之手。寓言是《庄子》最主要的表现形式，运用超常的想象力，构成奇特的形象世界，让读者去体味、领悟其哲学思想。丰富的寓言和诡奇的想象，构成《庄子》瑰玮奇崛的艺术境界，而语言的行云流水、汪洋恣肆、跌宕跳跃和音调和谐又使其具有诗歌语言的特点。

政论散文的典范：《过秦论》

042

　　贾谊（前200－前168），汉初重要的思想家和杰出的文人。他的政论散文，全面阐述了深刻的政治思想和治国方略，体现了文人在大一统帝国创始时期积极用世的人生态度和昂扬向上的精神，标志着散文发展的新阶段。《过秦论》上中下三篇是其政论散文代表作，取名"过秦"，即论秦之过错，是借此警告汉朝皇帝不要重蹈亡秦覆辙。虽为说理，但流露出浓厚的战国纵横遗风，词语讲究，感情充沛，行文流畅，代表汉初政论散文的最高成就。

汉赋与司马相如

　　汉初，赋家追随楚辞，创造出骚体赋。西汉中期司马相如等人创制出体制宏大的散体大赋。司马相如（约前179－前118），字长卿，西汉著名汉赋家。他具有较强的独立精神与社会责任感，注重作品的社会效果，写作宗旨严正，即使在极端铺张的大赋创作中也贯穿讽喻的主线，有所针砭。代表作《子虚赋》、《上林赋》在汉赋中具有重要意义和典范作用，确立了散体大赋的体制、表现手法与"劝百讽一"的赋颂传统，多为后世辞赋家效法。

中国历史的长城——《史记》

　　司马迁字子长，西汉著名史学家、文学家。他撰写的《史记》是我国纪传体史学的奠基之作，也是传记文学的开端。《史记》采用以人带史的写法，由十二本纪、十表、八书、三十世家、七十列传组成。本纪、世家、列传中的人物传记最有文学价值，传主从帝王将相，到市井百姓，三教九流，应有尽有，每个人物都各具姿态，有鲜明的个性特征。《史记》代表了古代历史散文的最高成就，鲁迅称它为"史家之绝唱，无韵之离骚"。

慷慨任气的"三曹"文章

魏晋散文更具文学特征，注重表现文人气质个性，内容多为自由表达个人志向、抒发个人情感及对宇宙人生深刻的感悟，形成一种慷慨任气的抒情风格。魏晋文章以“三曹”为代表，曹操带头改革两汉的浮华文风，他的政令文章直言己意，《求贤令》、《述志令》写得质朴明了，富有个性，鲁迅称他为“改造文章的祖师”；曹丕以书札见长，《答吴质书》情感深沉，清丽卓约；曹植的章表情文并茂，多有哀怨，人称“独冠群才”。

魏晋的抒情小赋

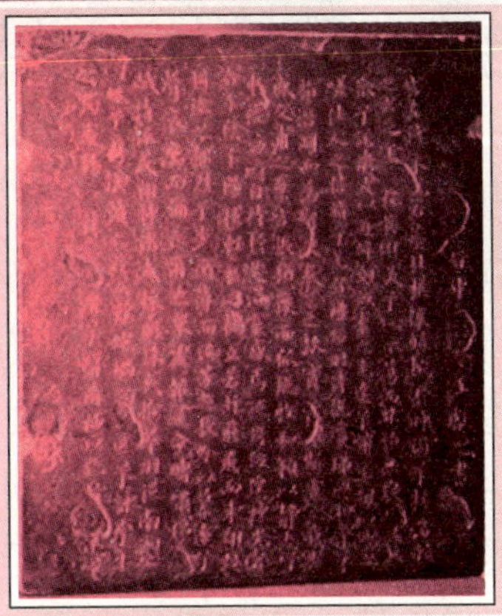

魏晋时期出现了抒情小赋，拓展了辞赋的表现领域与表现风格。其具有抒情化、小品化的特色，使作者的个性化表现得到进一步加强。作者往往集诗人、小赋作者于一身，这增强了诗赋的交相影响。王粲的诗赋被称为“七子之冠冕”，其代表作《登楼赋》，将自己壮志难酬的悲愤自然地切入景中，即景抒情，情景交融，极富感染力。曹植的《洛神赋》、向秀的《思旧赋》、刘伶的《酒德颂》等也都意绪绵邈，给人以新的感受。

☀ 《典论·论文》

　　《典论》是曹丕所著,共20卷,是一部政治、文化论著。据《三国志·魏志》记载,此书曾经刊刻在洛阳太学的石碑上,至唐代,石碑不存,写本也不全。《论文》是《典论》中的一篇,它在中国文学批评史上占据非常重要的位置。《典论·论文》批评了文人相轻的风气,认为应当"审己以度人",克服那种"各以所长,相轻所短"的陋习。《典论·论文》还提出了"文气说",认为"文以气为主",即文学创作要体现每个作者的气质,不应强求一律。曹丕还论述了"文"的地位与作用问题,已意识到文艺有独立于儒家政治伦理的价值,标志着中国历史上"文"的自觉时代的到来。

☀ 以"赋"论文的《文赋》

陆机的《文赋》是中国美学史上第一篇具体而详细地讲述文学创作的文章。陆机，字士衡，吴郡人（今江苏吴县），生于261年，死于303年。陆机不但"少有异才，文章冠世"（《晋书·陆机传》），而且体魄魁梧，"长七尺余，声作钟声，言多慷慨"。陆机在《文赋》自序中明确表示，他从阅读前人的作品和自己的写作实践中对文学创作的复杂变化有深切的体会。他写作《文赋》的目的就是要探讨文学创作的内部规律，解决创作中经常出现的"意不称物，文不逮意"的问题。陆机全面、系统地探讨了文学创作过程中一系列根本性的问题，对后世影响颇大。

中国古代文学理论之最——《文心雕龙》

刘勰《文心雕龙》成书于501～502年间。所谓"文心"，即指作文之用心，包括作文的纲领、作文的方法以及文学的体裁和文学批评。所谓"雕龙"，即指作文如雕刻龙纹一般精细和讲究文彩。《文心雕龙》是中国文学理论批评史上第一部有严密体系的文学理论巨著。全书共10卷，原分上、下部，各25篇。随着历史进入21世纪，东方美学愈来愈受到世界学人的关注，《文心雕龙》恰是东方美学史上一颗璀璨的明珠，其价值无限，魅力无限。

🏵 中国的乌托邦:《桃花源记》

　　东晋陶渊明的散文《桃花源记》描写了一个美好的世外仙界,为社会提供了一种理想的生活模式。应注意的是:桃花源中生活着的其实是一群普通的避难之人,并非神仙,桃花源里也没有长生与财宝,这些人只是比世人更多地保留了真实、淳朴的天性,通过自己的劳动获得了和平、宁静与幸福的生活。其可贵之处在于勾画了全新的社会出路与人民幸福生活的模式。虽是空想,却为后世文人构筑了一个精神家园,在这里既可逃避现实、休息灵魂,又可与虚伪、丑恶划清界限。

🏵 元嘉三大家

　　"元嘉三大家"是指南朝文章大家谢灵运、颜延之（384－456）和鲍照（约414－466）。其技巧高妙，冠绝一世。谢灵运在赋与文的创作中"才高词盛，富艳难踪"，以山水为题材的《岭表赋》、《长谿赋》、《山居赋》状物写景精妙，选字修辞清新，与山水诗交相辉映。颜延之骈文以典丽缜密见长，用典繁博，修辞巧丽，代表作《赭白马赋》序与正文几乎都是偶句，反映了骈赋技巧的进一步纯熟。鲍照以奇峭之风运妍丽之辞，摹状写情对齐梁文风深有影响。

《文选》：我国现存最早的文学作品总集

　　《文选》由南朝（梁）萧统（昭明太子，501－531）编选，世称《昭明文选》。它选录了自战国至梁的诗文辞赋700余篇，按文体分为38类，包括许多具有代表性的作家作品，为现存最早的诗文选集。其中诗歌数量最多，共334首。《文选》入选的诗文是内容经过反复推敲的，选择辞藻华美、文情并茂的作品，不选经书、诸子，史书也只选了辞采华美的论赞。这个标准代表了当时人们对文学的看法，说明此时已初步注意到文学与其他著作的区分。

💥 山水有清音：《水经注》

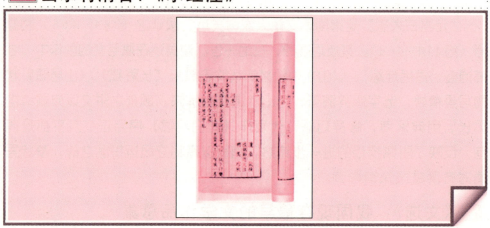

050

　　郦道元（约470－527），北魏地理学家、散文家。《水经注》是一本"集六朝地志之大成"的地理学著作，然而其中写景的文字，被推崇为山水游记的首创，为历代人们所传诵。他将山水确立为审美对象，对"山水之美"做出亲切生动的描绘，随物赋形，给人亲临其境之感。同时体现出自然之趣与心灵的相通，展示从山水之美中得到"畅情"、"游神"的体验。《水经注》中一些写景手法与清朗疏朴的文风，对唐以后的游记文影响极大。

💥 寺塔记的典范：《洛阳伽蓝记》

　　杨衒之，北魏至北齐时人，生卒年不详，散文家。佛教传入中土后，南北朝时佛教影响已日见深远。北魏时曾在国都洛阳大建佛寺园林，后来都在战乱中化为废墟。作者重游洛阳，栩栩如生地描绘了旧日佛寺的壮观与佛教活动的盛大，抚今追昔，字里行间流露出恍若隔世的悲怀，将个人的沧桑兴亡之感或隐或现付诸笔端。语言有较多的骈俪成分，形成典丽清拔的风格。《洛阳迦蓝记》成为现存文史典籍中佛寺庙塔记的典范之作。

❋唐代骈文的新变化

　　唐代骈文从"初唐四杰"起，不少作品除工整对偶、华丽辞藻外，还展示出流动活泼的生气与注重骨力的刚健风格：王勃《滕王阁序》与骆宾王《代李敬业传檄天下文》中的佳句，已为千古传诵；盛唐张说等人在写作中运散入骈，气势雍容雄浑；大诗人李白运诗入文，变用典为白描，说理抒情简洁明快，《春夜宴从弟桃李园序》如行云流水；中唐陆贽的奏议，除尽骈文丽辞浮藻，代之以充分的散体。以上为唐骈文走向平易流畅的过程。

《滕王阁序》：骈文的最高成就

052

　　唐代骈文从"初唐四杰"起，一反柔弱、浮华文风，作品不仅工整对偶、辞藻华丽，还注重流动活泼的生气与骨力的刚健，王勃的《滕王阁序》代表了骈文的最高成就。文章在极力描写当地物产、历史人物和宴会盛况后，即景生情，抒发自己的抱负和怀才不遇的心绪。结构宏大而脉络分明，前后呼应，一气呵成，语言精美俊逸，读来琅琅上口。文中"落霞与孤鹜齐飞，秋水共长天一色"、"老当益壮，宁知白首之心；穷且益坚，不坠青云之志"等，已为千古佳句。

韩愈与古文运动

韩愈（768-824），唐代文学家，名列"唐宋八大家"之首。他与柳宗元同为古文运动的倡导者，反对六朝以来的骈偶文风，提倡散体，主张文道合一，言之有物，强调"去陈言"。其散文继承了先秦、两汉古文传统，并加以创新发展，将浓郁的情感注入散文中，强化了作品的抒情特征和艺术魅力，气势雄健，说理透辟，对散文创作产生了巨大影响。论说理文《师说》、杂文《杂说》、传记文《张中丞传后序》、祭文《祭十二郎文》等被称为千古名篇。

柳宗元的游记散文

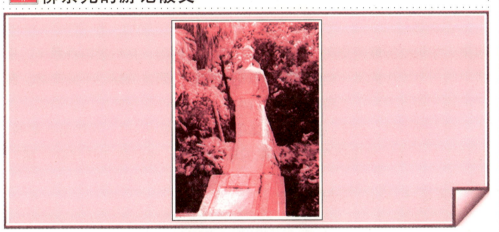

柳宗元（773-819），唐代文学家，与韩愈同为古文运动的倡导者，同为"唐宋八大家"之一，并称"韩柳"。他的散文题材多样，异彩纷呈：说理文深刻犀利，传记文形象生动，寓言警策深远，山水游记更是散文中的精品。游记代表作《永州八记》写于贬官处永州，用奇美秀丽却遭人忽视、为世所弃的自然山水与自己才华卓越却不被世所用、被远弃遐荒的悲剧命运相类比，融情与景，情景交融，形成柳氏山水游记独特的"凄神寒骨"之美。

❋ 欧阳修：诗文革新的领袖

　　欧阳修（1007-1072），北宋中叶诗文革新的领袖。欧阳修反对宋初以来追求形式的靡丽文风，主张文章应明道、致用，并积极培养后学，形成我国古文创作的又一全盛时期。欧阳修的散文简洁流畅，平易自然。政论名篇《朋党论》正义凛然，言辞锋利；史论《伶官传序》以史为鉴，发人深省；融写景、叙事、抒情为一体的名篇《醉翁亭记》，文笔清新圆熟，佳句千古传诵；名作还有创造了赋的散体形式、诗意浓郁的《秋声赋》。

❋ 多姿多彩的苏轼散文

　　苏轼散文为宋代文章成就之最高。他的散文气势雄放，语言平易畅达，风格如行云流水，随不同的表现对象而变化自如，多姿多彩。说理文以艺术感染力加强说服力，具有美文性质，如《日喻》中的比喻；记游文将叙事抒情议论水乳交融，《石钟山记》在情景交融的意境中自然展开哲理议论；散体赋名篇前、后《赤壁赋》沿用赋体传统格局，在描写长江月夜的美景中，抒写超然物外的人生哲学，文中骈散并用，情景理兼备，构成优美的散文诗意境。

✺ 唐宋八大家

　　唐宋八大家指唐、宋两代八位著名散文作家，即唐代的韩愈、柳宗元和宋代的欧阳修、苏洵（1009－1066）、苏轼、苏辙（1039－1112）、王安石（1021－1086）、曾巩（1019－1083）。王安石的文章简洁峻切，短小精悍，《答司马谏议书》与《读孟尝君传》具有"瘦硬通神"的独特风貌，《游褒禅山记》、《伤仲永》也很有名。曾巩文章以含蓄、古雅、平正著称，议论委曲周详，讲究行文法度，如《墨池记》。苏洵的文章纵横雄奇，宏伟犀利，史论《六国论》即为代表。苏辙也颇有才名。

晚明小品文

　　晚明小品文具有重要地位，代表了晚明散文的时代特色。晚明文人的文学趣味逐渐转移到轻俊灵巧而有情韵的"小文小说"，小品文趋向兴盛。小品文短小精悍，不拘一格。内容的显著特点是生活化、个人化，反映作者日常生活状貌及趣味，从平常细琐处流露出对人生趣味的体察，精旨妙意，情趣盎然，情感率真直露感人。对后世创作的影响一直到20世纪二三十年代。张岱（1597－1679）《陶庵梦忆》、《西湖梦寻》等著作中有不少佳作。

李贽的《童心说》

《童心说》在中国文学理论史上，称得上是一篇具有开创性的著作。它以全新的思想，启发了一代作家；以全新的标准，衡量了前代的文学。李贽（1527—1602）在文学上提出“童心”这个命题，可以说是破天荒第一次。所谓“童心”就是真心，就是清洗了封建伦常教条束缚和蒙蔽的“最初一念之本心”，宋明理学家主张“存天理，灭人欲”，而李贽却强调“童心”，足见其就是要把人欲从封建理学教条的束缚中解放出来，显然具有一定的人本主义色彩。

前七子

“前七子”是明代文学流派。弘治、正德年间，李梦阳、何景明针对当时虚饰、萎弱的文风，提倡复古，他们鄙弃自西汉以下的所有散文及自中唐以下的所有诗歌。他们的主张被当时许多文人接受，于是形成了影响广泛的文学上的复古运动。除李、何之外，这个运动的骨干尚有徐祯卿、康海、王九思、边贡、王廷相，总共七人。为把他们与后来嘉靖、隆庆年间出现的李攀龙、王世贞等七人相区别，世称“前七子”。他们的文学观的共同点是：强调文章学习秦汉，古诗推崇汉魏，近体宗法盛唐。

❋ 公安派

　　"公安派"是明代文学流派。其代表人物为袁宗道（1560-1600）、袁宏道（1568-1610）、袁中道（1570-1623）三兄弟，因其籍贯为湖广公安（今属湖北），故世称"公安派"。其重要成员还有江盈科、陶望龄、黄辉、雷思霈等人。公安派的文学主张主要是：反对剽袭，主张通变；独抒性灵，不拘格套；推重民歌小说，提倡通俗文学。公安派在解放文体上也颇有功绩，他们所创作的游记、小品也很有特色，或秀逸清新，或活泼诙谐，自成一家。

❋ 桐城派

　　桐城派是清代散文流派。创始人方苞，继承发展者虽众，但影响最大的主要是刘大櫆和姚鼐。因为方、刘、姚都是安徽桐城人故名。桐城派的文论，以"义法"为中心，逐步丰富发展，成为一个体系。方苞以"义法"论文，认为义即"言有物"，指文章的内容；法即"言有序"，指文章的形式。他的义经法纬之说，是要求内容和形式相统一。刘大櫆着重发展了方苞关于"法"的理论，进一点探求散文的艺术性，并提出了"因声求气"说。而姚鼐则是桐城派的集大成者。桐城派的文章，力求"清真雅正"，颇有特色。尤其是一些记叙文，如方苞的《狱中杂记》、《左忠毅公逸事》，姚鼐的《登泰山记》等，都是著名的代表作品。

从志怪到写实——小说世界

　　两千多年来，中国古典小说走过了志怪、志人到全面真实地反映社会、展示人生百态的漫长历程。小说体裁也由笔记体、传奇发展到长篇名著与短篇小说并存。其间无论是充满想象色彩、含有理想意味的神话故事、民间传说，还是演义历史、讴歌理想、再现现实的文学名著，都让我们感受到植根于民族文化沃土中的民族精神。小说以特有的全方位展示生活的形式，在生动多变的情节中，用一个个鲜活生动的人物，歌唱赞美着人间的真善美。

❋ 神话宝典：《山海经》

　　《山海经》约成书于战国初年到汉代初年，是我国古代保留神话资料最多的著作。全书分山经五卷、海外经四卷、海内经五卷、大荒经四卷。《山海经》中有大量对山神形貌的描述，含有自然崇拜和图腾崇拜的意识。全书中神话色彩最浓的是海经、大荒经，记录了一些异国人的奇异相貌、风俗习惯。其中不少想象奇特的神话，如鲧禹治水、刑天舞干戚等流传广远。许多故事已具清晰的轮廓，较完整的形象，是中国小说的萌芽。

❋ 六朝志人小说：《世说新语》

　　志人小说的代表作是六朝（宋）刘义庆（403-444）编撰的笔记小说《世说新语》，主要记载魏晋名士的逸闻轶事和玄虚清谈，可以说是一部魏晋名士风流（风流：士族的人格美）故事集。按内容分为德行、言语、政事、文学、方正、雅量等36类。作者善于通过一件事、一个细节或一二句话描写人物，不加议论，用独特的言行举止表现人物的性格。语言简约含蓄，隽永传神。对后代影响深刻，历代模仿者不绝。

六朝志怪小说

　　志怪小说的代表作是东晋人干宝编撰的神怪灵异故事集《搜神记》，记载了神仙方术、鬼魅、妖怪、殊方异物、佛法灵异，虽宣扬了宗教迷信，但保留了许多神话故事和民间传说，表现了人民的爱憎与智慧以及对美好生活的向往，具有较高的艺术价值。如描写人神恋爱的《董永》，歌颂抗暴复仇的《三王墓》，歌颂坚贞爱情的《韩凭夫妇》，赞扬少女斩蛇除害的《李寄》等，都是脍炙人口而有影响的作品，为后世的小说、戏剧创作提供了素材与借鉴。

🏵 唐传奇

062

　　唐传奇是指唐代流行的文言小说，作者大多用史家笔法，以记、传名篇，记载奇闻异事。包括爱情、讽刺、豪侠、历史等内容，以爱情小说成就为最高。其名作有：《柳毅传》、《李娃传》、《莺莺传》（又名《会真记》）、《霍小玉传》、《枕中记》、《南柯太守传》、《长恨歌传》与《虬髯客传》。现存唐传奇大都收在《太平广记》一书中。唐传奇篇幅不长，叙事简洁明快，构思奇异新颖，人物生动传神，它标志着我国文言小说发展到了成熟的阶段。

🏵 俗讲与变文

唐代的俗讲是僧侣按照佛经为大众讲解佛家教义，"悦俗邀布施"的一种宗教性说唱活动。一些作品故事情节生动，广喻博譬，映照出现实世界，生活气息浓郁，内容新奇，情节张弛起伏，语言通俗生动而引人入胜。变文是当时流行的民间说唱技艺的底本。现存敦煌变文有四类题材：宗教性、讲史性、民间传说题材、当时重大事件与人物。变文采用散韵结合演唱故事的形式，不仅影响到唐传奇，而且是后世说唱文学和戏曲文学的源头之一。

宋元话本

话本即白话小说。宋元时期，一些大城市里出现了一种说书艺术"说话"。"话"就是故事，说话艺人讲故事所用的底本就叫做话本。宋元话本可分为小说话本和讲史话本两大类。"小说"题材大都以爱情、公案为最多，代表作有下层人民追求爱情自由的《碾玉观音》和表现吏治黑暗的《错斩崔宁》。讲史话本又称"平话"，是演义历史小说，篇幅比小说话本长，是中国长篇小说的开端。现存《大唐三藏取经诗话》、《三国志平话》等。

✴ 罗贯中的《三国志演义》

　　罗贯中（约1330－约1400），元末明初小说家。《三国志演义》是我国第一部长篇章回小说，也是历史演义小说的开山之作。它描写了自黄巾起义到西晋统一的近百年历史，借助三国史实基干与框架，描绘了一幅波澜壮阔、气势恢弘的历史画卷。小说善于描写战争，是罕见的"全景性军事文学"。采用"文不甚深，言不甚俗"的浅近文言。全书写了400多个人物，刻画了一大批独具个性的人物形象，是一部成就高、影响大的历史小说。

✴ 施耐庵的《水浒传》

施耐庵（1296-1371），元末明初小说家。《水浒传》是我国第一部长篇白话小说。小说中宋江起义故事源于历史真实。施耐庵在民间流传、话本、剧作基础上加工提高，写成小说。小说塑造了一系列神态各异的英雄形象，可贵的是将性格相近的人物写得各自不同，突出了人物个性。现存多种版本，70回版突出了"官逼民反"的主题，犹为精彩；120回则反映起义发生、发展和失败的全过程。《水浒传》对我国英雄传奇小说的创作和国民精神产生了重大影响。

吴承恩的神魔小说《西游记》

吴承恩（约1500－约1582），明代小说家。《西游记》是我国著名的长篇神魔小说，书中玄奘取经的故事是在真人真事基础上不断神化、幻化，最后以"幻"的形式定型。书中虽是写神魔世界，但却是现实社会的折光。主人公孙悟空为实现理想而奋斗不懈的献身精神和强烈的个性色彩令人称道，它张扬了人的自我价值和对人性美的追求。作者以丰富的想象力塑造出五光十色的神话世界，达到我国古典小说浪漫主义艺术技巧的最高峰。

ok

🏵 "三言"与"二拍"

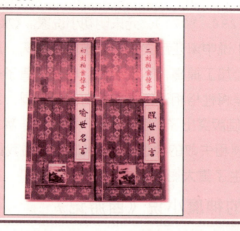

明代文人一边编辑加工宋元话本，一边模拟话本形式写作，于是出现了白话短篇小说（又叫拟话本）。明末冯梦龙（1574-1646）搜集加工宋元话本和明代拟话本的同时进行创作，编成三部短篇小说集：《喻世明言》、《警世通言》、《醒世恒言》，后人称为"三言"，共收短篇小说120篇，每集40篇，主要反映城市平民的生活和思想。随后，凌濛初（1580-1644）编著了《初刻拍案惊奇》、《二刻拍案惊奇》两个拟话本，共收小说78篇，人称"二拍"。

🏵 蒲松龄的《聊斋志异》

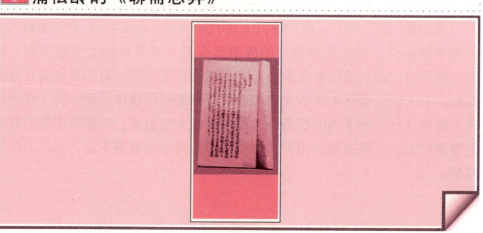

蒲松龄（1640—1715），清代文学家。《聊斋志异》是我国古代成就最高的一部文言短篇小说集。《聊斋志异》全书491篇，是蒲松龄一生心血的结晶，写的大都是狐鬼花妖精怪的故事。有揭露社会黑暗，同情百姓遭遇，抨击科举制度的弊端，表现青年男女在封建礼教下对真挚爱情的追求，寄寓某些人生哲理等内容。《聊斋志异》在艺术上继承了六朝志怪和唐传奇的传统并有所创造，想象丰富，情节曲折有致，人物各具性格，闪耀着浪漫主义光彩。

吴敬梓的《儒林外史》

《儒林外史》是我国第一部杰出的长篇讽刺小说，由清代小说家吴敬梓（1701—1754）所著。小说汲取以往文学作品中讽刺艺术的营养，生动描写了一系列受科举毒害和市侩熏染的读书人，再现了产生这些人物的社会环境，真实揭露了政治腐败和世风堕落的根源。同时在正面人物身上寄托了作者的理想。全书由十几个故事连缀而成，采用第三人称客观观察的叙事方式，善用白描，将人物虚伪丑恶灵魂暴露无遗，是中国讽刺小说的经典作品。

✸ 古代小说的巅峰：曹雪芹的《红楼梦》

　　曹雪芹（约1716－约1763），清代伟大的小说家。《红楼梦》以贾宝玉、林黛玉的爱情悲剧为主要线索，着重描写了封建贵族大家庭由盛到衰的过程，深刻揭露和无情批判了封建制度和封建礼教，歌颂了具有叛逆精神的贵族青年，表现出争取男女平等、婚姻自由等民主思想。小说结构宏伟、严密，细腻地刻画了各具特点的众多人物，语言准确洗练，优美生动，体现了中国古典长篇小说的最高成就，是一部世界性的文学名著。

✸ 晚清四大谴责小说

伴随着资产阶级改良运动和革命运动的兴起与发展，晚清文坛出现了被鲁迅誉为"谴责小说"的四大名著。李宝嘉的《官场现形记》是我国第一部在报刊上连载、直面社会并取得轰动效应的长篇章回小说，首开近代小说批判现实的风气；吴沃尧带自传色彩的《二十年目睹之怪现状》展示了日益殖民化的中国社会的腐败现状；刘鹗的《老残游记》则首次揭露了"清官"之恶；曾朴的《孽海花》则着眼于19世纪后半期中国社会政治、文化的冲突与嬗替。

金圣叹《读第五才子书法》

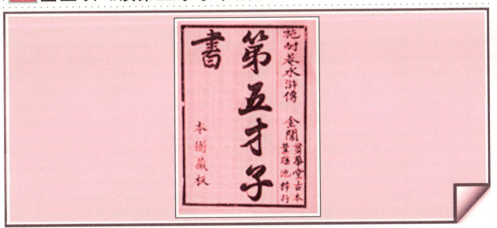

读法，是中国评点式批评的一种形式。它置于小说卷首，提纲挈领地阐明一些主要观点及阅读要求等。在这篇读法中，金圣叹主要讲述了两个问题，一个是论"性格"，二是论"文法"。结合《水浒》中的夹批，金圣叹比较具体地探讨了人物性格的个性化，他认为即使是同一类型的性格，也要显示出同中之异。关于"文法"，即小说创作的具体方法，金圣叹也做了比较细致的分析概括，他是中国小说批评史上第一个详细探讨小说"文法"的批评家，其文法论对小说批评界产生了很大的影响。

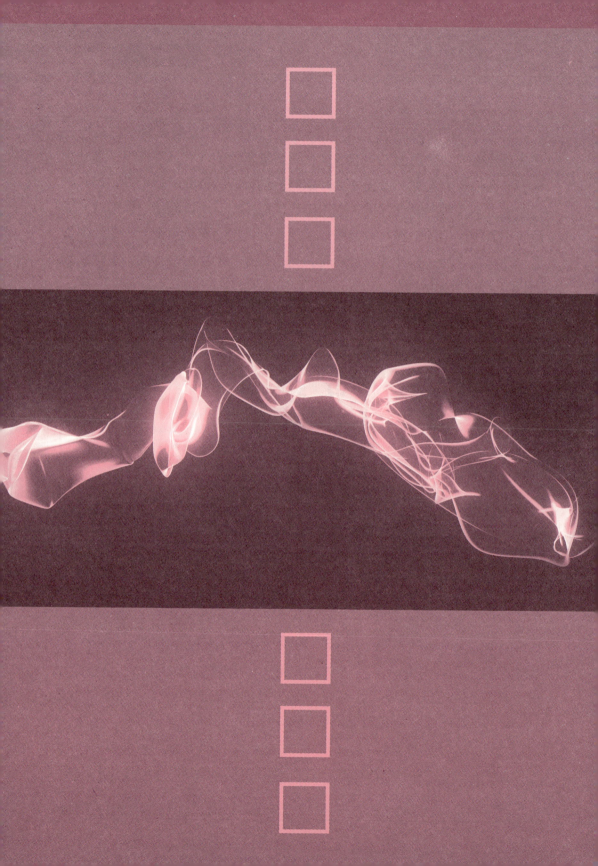

第二章 中国现当代文学的百年历程

　　中国近百年的现、当代文学，始终伴随着中国历史发展的脚步：资产阶级民主思想的传入，最后一个封建王朝的覆灭，到五四新文化运动席卷大地，这些在文学界掀起了思想观念、文学内容、文学样式与文学语言全面变革的浪潮，将中国文学带入了一个新时代。

　　一百年里，文学真实地记录着中华民族的历史与命运，文学巨匠鲁迅、郭沫若、茅盾、老舍等人的著作则展示着民族的灵魂，闪烁着思想的光辉、人性的光芒。

　　中国现代文学发端于"五四"新文化运动和文学革命。现代文学作品重在表现人生，反映时代特征，体现着民主主义、人道主义等思想，洋溢着觉醒的时代精神。创造了既与世界文学相联结，又具有民族特色的崭新的文学样式和文学语言。运用白话创作，广泛吸收运用外国多样化的文学样式和手法，表现现代生活，接近平民百姓。

✺ 梁启超的"新文体"

　　梁启超（1873－1929），政治家、思想家、文学家、学者，提出变革文学观念的"诗界革命"、"文界革命"、"小说界革命"等观点，提倡言文合一，为五四白话文运动打下了基础。他称自己流亡日本时的文字为"新文体"，这些政论文章具有极强的开拓创造精神，思想新颖，介于文言白话之间，平易畅达，条理清晰，笔锋常带忧患、变革、爱国等多重情感，情理交融，鼓动力极强。如《少年中国说》、《新民说》、《说希望》等。他是五四前最重要的散文家。

✺ 最早翻译西方文学的作品：林纾小说

　　清末翻译小说中，林纾（1852-1924，字琴南，近代文学家）译著的影响无与伦比。他与精通外语者合作，由他人口述，林纾将欧美小说译成文言文，译文的生动传神主要得益于林纾。一生翻译欧美小说180多种，1200多万字。著名译著有凄婉哀艳的《茶花女遗事》，其中细腻真切的描写对言情小说有很深的影响，还有《黑奴吁天录》、《块肉余生记》、《撒克逊劫后英雄略》等。许多通俗小说如柯南道尔的侦探小说等也由他翻译而来。

中国现代文学的奠基人——鲁迅

　　鲁迅（1881-1936），中国现代文学的奠基人之一。他的创作不仅最先显示了五四文学革命的实绩，还在中国现代文学发展史中具有崇高的地位。五四时期他的两部小说集《呐喊》与《彷徨》，标志着中国现代小说的开端与成熟，透过揭示民众的精神病态，揭露造成精神病态的社会原因，挖掘出"封建社会吃人"的主题。鲁迅作品数量最多的是杂文，彻底反封建构成杂文的灵魂。散文诗集《野草》和散文集《朝花夕拾》都是中国现代散文中的精品。

✳ 第一篇白话小说——《狂人日记》

　　鲁迅的《狂人日记》是中国现代文学史上第一篇短篇白话小说，标志着五四新文学创作的伟大开端。1918 年 5 月，作者第一次用"鲁迅"的笔名，在《新青年》杂志上发表了他的第一篇白话小说《狂人日记》。作品揭露了封建家族制度和封建礼教"吃人"——不仅摧残人的肉体，更戕害人的灵魂的本质。《狂人日记》是五四新文学的号角，在思想上吹响了文学彻底反封建的进军号。写作采用现实主义与象征主义的创作手法，形成独特的艺术效果。

✳ 最早介绍到世界的小说：《阿 Q 正传》

在中国现代白话小说中，《阿Q正传》是最早被介绍到世界的。这部小说创作于1922年2月，此后80多年里，阿Q成为中国家喻户晓的人物，《阿Q正传》也被译成几十种文字介绍到世界。作者借阿Q这个深受封建观念侵蚀和毒害，又带有小生产者狭隘保守特点的落后、不觉悟的农民形象，刻画了国人的灵魂，暴露了国民精神的弱点。即使今天，在生活中还能时时看到阿Q的影子，可见《阿Q正传》深远的历史意义。

鲁迅的杂文

鲁迅文学创作中杂文数量最多，杂文集有16部，前期杂文（1918－1926）主要内容是深刻的社会批评和文化批评，著有杂文集《坟》、《热风》、《华盖集》、《华盖集续编》；后期杂文（1927－1936）中政治内容大大增加，对中国传统文明的弊病和各种丑恶的社会现象进行了综合性的解剖，著有杂文集《而已集》、《二心集》、《南腔北调集》、《准风月谈》、《且介亭杂文》等。鲁迅杂文是对中国议论性散文的创造性发展，为中国文学创造了杂文这一新的文学样式。

❋ 诗化了的五四精神：郭沫若的《女神》

076

　　郭沫若（1892－1978），著名诗人、学者。他与鲁迅一样，都有弃医从文的经历，但他是从写诗开始文学创作的。五四运动爆发使身在日本的郭沫若深受鼓舞，创作了著名诗篇《凤凰涅槃》、《地球，我的母亲》、《天狗》等，后都收入1921年新诗集《女神》中。《女神》是中国现代诗歌史上第一部具有杰出成就和巨大影响的新诗集，它集中而强烈地表现了冲破封建藩篱、扫荡旧世界的狂飙突进的五四精神，体现了诗人呼唤新世界诞生的民主思想。

❋ 郁达夫的"自叙传"抒情小说

　　郁达夫（1896－1945），小说家、散文家。1921年出版的小说集《沉沦》是中国现代文学史上第一部短篇小说集，被认为是中国现代抒情小说的初始——"自叙传"抒情小说的开山之作。小说多用第一人称写叙述者自己，大部分小说都直接取材于作者的经历、遭遇与心情，他曾反复说明小说均是作者的"自叙传"。小说以抒情为主，情节为次，在浓烈的抒情气氛中令人感受到青年对人性解放的追求和歧路彷徨的无望，展示出"零余者"独有的感伤美。

❋ 徐志摩与闻一多

　　徐志摩（1897－1931），"新月"诗派最有代表性的诗人。因飞机失事英年早逝，只留下四部诗集《志摩的诗》、《翡冷翠的一夜》、《猛虎集》和《云游集》。他的诗格调清新健康，真挚地独抒心灵，追求爱与美以实现个性解放，反映了五四时代精神。闻一多（1899－1946），诗人、学者。1928年与徐志摩共同编辑《新月》月刊，是新月派前期重要代表。他的诗作主要集中在20年代，大部分收入诗集《红烛》与《死水》，浓烈、真挚的爱国主义情思，构成闻一多的诗魂。

✳ 周作人的散文小品

　　周作人（1885—1967），是个毁誉参半的作家。五四运动时期曾是新文化运动的主将，抗战时期曾任伪职。五四时期及20世纪20年代是周作人散文创作的鼎盛期。散文小品，即被他称为"美文"的艺术性散文，最能表现他散文的个性。他博学多识，熔铸中外文化，其散文小品在娓娓絮谈中，将知识、哲理与情趣融为一体，表现出文人的闲适、幽默、中庸品格，展示了冲淡平和的独特散文风格。其代表作有《吃茶》、《谈酒》、《乌蓬船》、《故乡的野菜》等。

✳ 朱自清散文

朱自清（1898－1948），现代散文家，诗人。朱自清的散文无论描摹世态、怀人抒情，还是即景写情、融情绘景，在叙事、记人、写景、说理中都贯注着至真至纯的深厚感情，有着极丰富的审美内涵，用情构成散文的灵魂。《背影》、《儿女》等作品在对家庭及亲人的琐事回忆中，饱蕴深厚的亲情，具有深长的韵味；《荷塘月色》、《桨声灯影里的秦淮河》、《绿》等名篇在富丽典雅的工笔写景中巧妙地融情，以情见长，使散文具有诗样的美感。

茅盾的《子夜》

茅盾（1896－1981），著名作家。他的小说代表作《子夜》1933年出版，标志着中国现代长篇小说及现实主义创作手法的成熟。作品展示了20世纪30年代初中国都市社会生活的广阔画面，以民族资本家吴荪甫为代表，描绘了在半封建、半殖民地这一特定的历史条件下中国民族资产阶级的奋斗——失败史。《子夜》结构恢宏，人物众多，吸收了欧洲文学中现实主义及自然主义的创作手法，擅长心理描写。《子夜》第一次在现代文学人物群像中描绘了民族资本家的形象。

✹ 展示城市文明病的《骆驼祥子》

老舍（1899－1966），著名小说家、剧作家。老舍小说多以北京市民社会为中心，被称为"北京市民社会的表现者与批判者"。他继承了起自鲁迅"国民性"的思考，把目光投注到市民阶层。长篇小说《骆驼祥子》叙写了祥子从农村进城后"奋斗——不甘失败——自甘堕落"的命运三部曲。祥子注定被腐败的环境锁定而堕落、毁灭，作者在揭露造成祥子堕落的旧社会、恶势力的同时，也毫不留情地批判了他性格、心理上的弱点。

✹ 古都市民的亡国之痛：《四世同堂》

老舍作品中规模最大的长篇小说《四世同堂》创作历时五年（1944－1948）。这是一部以抗战八年古都北平广大市民的亡国之痛为题材的作品，写出了沦陷区人民的痛史、恨史、愤史，填补了全民抗战作品中的市民抗战内容的空白。人物塑造上，视野开阔、气魄宏大，推出了几个市民系列，描写了一百几十个人物；形象系列中，又写出不同个性、不同倾向、走上不同道路的差异。1949 年小说在美国出版节译本，被誉为"最优秀的小说之一"。

巴金与《家》

巴金（1904－2005），著名小说家，代表作是小说《激流三部曲》（《家》、《春》、《秋》），特别是第一部《家》，以五四运动为背景，充分表现了在五四精神影响下一代青年的奋起与追求。这是我国现代文学中描写封建大家庭的兴衰史并集中抨击封建专制罪恶的小说。用高家兄弟的爱情悲剧控诉了封建礼教、封建势力的罪恶，以觉民抗婚、出走等行为歌颂了五四时期青年的觉醒与反抗。《家》采用抒情化笔法，情感汪洋恣肆，形成特有的抒情风格。

✸ 沈从文的湘西世界：《边城》

　　沈从文（1902—1988），小说家，生于湘西凤凰县。他的贡献是用小说、散文建造起特异的湘西世界。《边城》是他最负盛名的小说，在古朴、绚丽的风俗画卷中讲述了一个美丽而凄凉的爱情故事。然而，小说要表现的却是一种理想、健全的人生形式，重点是描绘乡村世界的人性美和人情美。文中大量的湘西山水图画和淳朴风俗的形象描写，既是健全人生形式寄托的背景，又是作者理想的有机组成部分，这样使人性美和艺术美珠玉生辉，和谐一致。

✸ 戴望舒的诗

戴望舒（1905—1950），20世纪30年代中国现代派诗人的领袖。诗集《我底记忆》、《望舒草》是早期与成熟期的作品，多为浪漫主义感伤抒情，写爱情苦闷和个人忧郁。诗集《灾难的岁月》收有抗战后诗作，诗人在民族苦难中审视个人不幸，回荡着爱国主义激情，格调转为明朗、雄健。他善于从日常生活中寻觅抒情意象，在细微琐屑事物中发现诗，运用象征的意象与曲折隐藏的手法，委婉展现主观心境。他创造了具有散文美的自由体诗，语言具有出神入化的奇幻美。

林语堂的幽默闲适小品

林语堂（1895—1976），作家。20世纪30年代是他散文创作的高峰。他的小品散文具有幽默、闲适特征，题材丰富繁杂，无所不包。如写《我怎样刷牙》、《我的戒烟》等日常生活琐事，津津乐道，无微不至。中西文化对比的文章较有特色且文化含量较高，他惯用中西比较的眼光看问题，在传统文化与外来文明冲突的比较中，引发国民性改造及传统文化转型的思考，如《谈中西文化》。文章幽默从容睿智，行文轻松自然，拓展了现代散文的审美领域。

✹ 新"儒林外史"：钱锺书的《围城》

　　钱锺书（1910－1998），学者、作家。他的《围城》是中国现代杰出的讽刺小说，围困的主题不仅展示在社会制度与各种机构，更表现在主人公方鸿渐的婚姻家庭中。小说同时还是一部新"儒林外史"，作者展示了抗战时期上层知识界的众生相，揭露受到封建传统文明与现代西方文明夹击的中国知识分子的精神病态，并进行了道德探索与批判。用笼罩全书的象征性结构暗示了小说的深层意蕴，用各种意象激发现代人对自己生命处境的思考。

✹ 时代的代言人：诗人艾青

084

艾青（1910－1996），继郭沫若、闻一多、戴望舒之后推动一代诗风的重要诗人。写于1933年的自述性抒情诗《大堰河，我的保姆》，倾注了对被侮辱受损害的劳动者——农民的关怀。抗战时期是他创作的高潮，他将个人的悲欢融入到时代中，反映民族与人民的苦难与斗争，鲜明地传达出时代的呼唤与人民的心声。他吸收并融合了现实主义、浪漫主义和现代主义，形成独特的风格。代表作还有《向太阳》、《雪落在中国的大地上》等。

张恨水与现代通俗小说

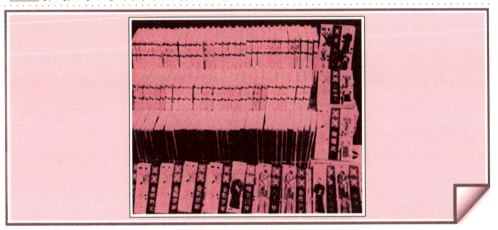

现代通俗小说具有较多的消遣、娱乐性，创作上有较明显的古典小说特征，常见的种类有社会小说、言情小说、武侠小说、历史小说等。张恨水（1895－1967），是现代通俗小说史上的集大成作家，他一生创作100多部中长篇章回体通俗小说，代表作：社会－言情小说《金粉世家》与《春明外史》；社会小说《八十一梦》犀利地批判了社会的黑暗；30年代引起极大轰动的《啼笑因缘》，则几乎囊括了通俗小说的全部样式，兼容并包了社会－言情－武侠的内容。

🏮 赵树理的评书体小说《小二黑结婚》

赵树理（1906－1970），一位解放区土生土长的作家，成功地确立了小说"评书体"样式，将北方农民口语提炼为雅俗共赏的"农民普通话"，写出农民喜爱的通俗乡土文学。成名作《小二黑结婚》充满幽默式的喜剧色彩，写了小二黑、小芹自由恋爱中遇到各种阻挠并最终在民主政权支持下结婚的故事，重点表现了民主思想与封建观念的冲突——五四以来始终贯穿现代文学的文明与愚昧的冲突。他的小说是20世纪40年代解放区文学创作的最高成就。

🏮 《红旗谱》：农民革命斗争的史诗

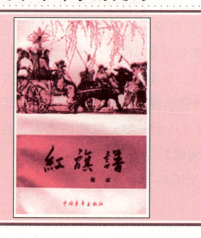

梁斌（1914－1996），作家。代表作《红旗谱》是一部具有民族风格的农民革命斗争史诗。小说从清末冀中农民自发地反抗写起，在大革命前后中国革命的广阔背景下，展示了农民寻求自身解放之路的曲折历史。主人公朱老忠的生活道路，集中概括了20世纪初新旧交替时期的农民由草莽好汉成长为农民革命英雄的历史踪迹。艺术上采用民族形式，借鉴中国古典小说的布局技巧，运用个性化、口语化的语言，充满浓厚的乡土气息。

《青春之歌》：青年知识分子的人生路

杨沫（1914－1995），女作家。代表作《青春之歌》是一部探索民主革命时期青年知识分子道路问题的长篇小说。作品取材于1931年"九一八"事变到1935年"一二·九"运动期间，以女主人公林道静的生活轨迹为主线，展示了面对民族存亡，不同类型的知识分子对民族命运的不同态度和对人生道路的不同选择。小说采用浓郁的抒情笔调，细致入微地展示了林道静告别旧我的心路，塑造了一个从追求个性解放到献身社会解放的青年知识分子形象。

🏵 新中国的歌唱者：郭小川、贺敬之、闻捷

　　郭小川（1919—1976）、贺敬之（1924—　）和闻捷（1923—1971）是活跃在20世纪五六十年代的诗人。他们作为新中国的歌唱者，诗作具有较强的政治抒情诗色彩。郭小川的名作有《祝酒歌》、《甘蔗林——青纱帐》、《团泊洼的秋天》与《秋歌》等。贺敬之的代表作"信天游"民歌体诗歌《回延安》与《桂林山水歌》、《三门峡歌》，构思精巧，情真意切，音律生动。闻捷最有代表性的生活抒情总集《天山牧歌》唱出西北地方风情与生活，有着真切朴实的生活气息。

🏵 杨朔、秦牧、刘白羽：20世纪50～60年代的散文家

088

　　杨朔（1913－1968），散文家。他的艺术性散文多用诗的比兴、象征手法，托物言志，借景抒情，有散文集《亚洲日出》、《海市》、《东方第一枝》和《生命泉》。秦牧（1919－1992），散文家。他的散文熔知识性、抒情性于一炉，富有情趣性和幽默感。作品集有《星下集》、《贝壳集》、《花城》、《艺海拾贝》等。融情于景，借以抒写壮怀激烈的诗情是刘白羽（1916－2005）散文的特色，代表作有《长江三日》、《冬日草》、《秋窗偶记》、《灯火》等。

《歌德巴赫猜想》

　　徐迟（1914－1996），作家。20世纪70年代末，他带头在报告文学领域内开创了一条新路——以报告文学形式写科学与科学家。作为献给1978年全国科学大会的厚礼，他写作了报告文学集《歌德巴赫猜想》，书中分别描绘了地质学家李四光、数学家陈景润、物理学家周培源、生物学家蔡希陶等人在科学道路上克服困难、攀登科学高峰的动人事迹，歌颂了科学家为科学事业献身的崇高精神。用报告文学形式为中国现代科学家立传是当时一个新颖的题材与体裁。

✹ 王蒙的小说

　　王蒙（1934—　），小说家。20世纪50年代因批评官僚作风的短篇小说《组织部新来的年轻人》被划为右派，到1979年平反才开始创作。王蒙一直以对祖国命运的极大关注为主题从事小说创作，无论是50年代还是复出后，他创作主流都未脱离这一主题。他勇于探索艺术道路，小说《春之声》、《夜的眼》、《相见时难》等都较早借鉴西方现代派"意识流"的创作技巧表现生活。20世纪90年代以来，来他致力于创作表现知识分子的"季节"系列小说，对历史与文化充满了理性与反思色彩。

✹ 伤痕文学的开端：《班主任》

刘心武（1942－　），小说家。1977年底，他的短篇小说《班主任》发表，引起巨大反响，被誉为新时期"伤痕文学"的开端。《班主任》借一名中学教师的目光，审视在"文革"文化中长大的中学生的心灵，展示了一些心灵被严重戕害和扭曲的中学生形象，由此作者发出"救救孩子"的呼喊。其后他又创作了一系列被称为"问题小说"的作品，如《醒来吧，弟弟》。获第二届茅盾文学奖的长篇小说《钟鼓楼》是他文学创作的最高成就。

小巷文学：《美食家》

陆文夫（1928－2005），小说家。代表作《美食家》通过对嗜吃如命的朱自冶吃客生涯一波三折的叙写，反映了国家历史命运的变动，具有深远的社会历史意义。作品中精致地描摹了古城苏州的风土人情，其中对园林风景、吴越遗迹、风味小吃、吴侬软语、石板小巷、小桥流水等的描写，无一不栩栩如生。这些特有的文化与风俗，成为小说中重要的情节要素，具有独特的文化与地域魅力，他的小说因此赢得"小巷文学"和"苏州文学"的美称。

☀ 乡土文学"陈奂生系列"

　　高晓声（1928－1999），小说家。他的乡土小说独树一帜，其中《李顺大造屋》、《"漏斗户"主》、《陈奂生上城》、《陈奂生转业》、《陈奂生包产》、《陈奂生出国》等陈奂生系列小说最有影响，真实反映了新中国成立后农民的生活历程，深刻揭示了造成他们辛酸命运的深层根源。作家继承了五四以来现代文学对"国民性"问题的探讨，鲁迅、赵树理、高晓声塑造的农民形象，正好展示了中国农民从民主革命到20世纪80年代命运变迁和灵魂演进的历史。

☀ 张贤亮的《绿化树》

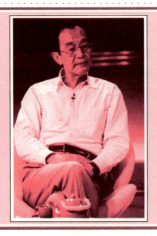

张贤亮（1936—　），小说家。中篇小说《绿化树》表现了作者敏锐的观察力和艺术感觉，描写了知识分子章永璘在苦难年代的肉体磨难中，受到善良劳动者的感染而灵魂受到洗涤的心理历程。小说重点描绘西北淳朴善良的普通劳动者，重塑了知识分子的人性，用维纳斯式的人物马缨花展示了传统美德的象征。小说创作中糅进了西北风俗画般的高原风光和风土人情内容的描写，并用震动人心的笔触抒写主人公扬弃旧我的过程，充满着哲理与诗意。

汪曾祺的文化小说

汪曾祺（1920—1997），小说家。汪曾祺20世纪80年代复出文坛后的作品大多是短篇小说，代表作有《受戒》、《大淖记事》、《异秉》等一系列故乡怀旧作品。作家用80年代的眼光来回顾咀嚼40多年前的温馨旧梦，浸润着对社会和人生更深刻的认识。他的小说具有散文与诗的特征，浓重的乡土风俗的氛围，一幅幅清新淡泊、韵味无穷的水乡泽国风俗画，向读者娓娓叙说着一个个优美动人的小故事，平和冲淡，寄真善美在平庸琐碎的事件描述中，读来意味无穷。

✿ 汪曾祺与文人散文

汪曾祺曾被戏称为20世纪"最后一个士大夫"。在20世纪90年代多样化的文化背景下，他用散文提供了文人审美化的生存方式：从容地表现文人的性灵，以文人的情致雅趣和关怀去掉了日常生活的粗鄙与铜臭，代之以诗意和书卷气。他在散文集《蒲桥集》里曾自云："有人说汪曾祺的散文比小说好虽非定论，却有道理。"他的散文冲淡、闲适、充满性灵与情趣，恢复了与明清散文和五四后闲适散文传统的联系，在浮躁的社会中令人们感受到了另一种人生魅力。

✿ 寻根文学的代表——《爸爸爸》

韩少功（1953—　），作家。他的《爸爸爸》被认为是 20 世纪 80 年代寻根文学的代表作，侏儒丙崽体残智呆，却被村人奉若神明，他的胡言乱语导致全村人在一场大战中伤亡惨重。作者把丙崽作为一种意象或人生的象征——深植于民族文化传统中的丑陋不堪的"老根"，批判的是：我们常将自身的命运交付给某种荒诞抽象的异己物，进而导致了民族行为常常陷入一种无理性的盲动之中。小说模仿魔幻现实主义笔法，弥漫着一种飘忽不定、扑朔迷离的神秘感。

真实与真诚：巴金的《随想录》

散文集《随想录》是巴金晚年之作。1978 年起，巴金历时 8 年写完了本书。这是作者叩问、探索、总结历史与人生心路的实录，他将其视为"作家留给后人的遗嘱"。书中对"文革"进行了深刻反思，认为封建主义余毒是导致"文革"劫难与社会弊端的根源。撼人心魄的是作家严于责己的强烈自审意识和自省精神，讲真话，"从解剖自己、批判自己做起"。本书是当代散文史上的里程碑，标志着散文找回曾失落的真诚品格，进入能讲真话、敢讲真话的时代。

❋ 朦胧诗人舒婷

　　舒婷（1952—　），原名龚佩瑜，女诗人。朦胧诗的思想核心是重新确认人的自我价值，呼唤人道主义和人性复归，探索人的自由心灵奥秘；写作上用意象化方式追求主观真实，用语言的变形与隐喻构成整体象征，使诗的内涵具有多义性。舒婷的诗肯定了人的自我价值与尊严，追求张扬人格独立与人生理想，用女性独特的丰富情绪体验辐射外部世界，善于在温婉典雅的倾诉和独白中传达忧伤而美丽的诗情。著有诗集《双桅船》、《会唱歌的鸢尾花》、《始祖鸟》等。

❋ 王小波的"时代三部曲"

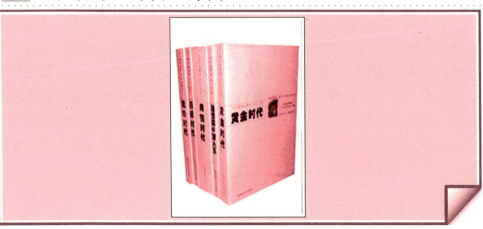

　　王小波（1952-1997），作家。"时代三部曲"是《黄金时代》、《白银时代》与《青铜时代》。主人公都叫王二，都是一个非英雄的小人物，但却并非一个人，作者让许多叙事者共有王二这个符号姓名。这些小说始终以"文革"这一动乱年代作为叙事的大背景，不动声色地还原了当时一整套"革命的"、"理性的"逻辑推理而导致的时代荒谬，因而超越了伤痕文学、反思文学等"文革"经验叙事，触及到更深的层面。叙事风格自由不羁，充满即兴意味。

同是龙的传人之一：台湾文学

　　台湾现代文学与大陆文学渊源深厚，因其特定的社会经济文化环境呈现出独特的历史风貌。20世纪六七十年代崛起的具有鲜明民族风格的乡土文学，以拥抱大地、回归传统、关怀现实、关注乡土小人物命运主题，令人瞩目，代表作家有陈映真、黄春明等；20世纪80年代杂文有广泛影响的是柏杨《丑陋的中国人》、李敖《千秋评论》与龙应台《野火集》。散文与诗歌创作因作家风格不同而异彩纷呈。通俗小说有琼瑶的言情小说、古龙的武侠小说和高阳的历史小说。

🏴 陈若曦：跨越乡土与现代的作家

陈若曦（1938—　），本名陈秀美，台湾女作家。在台湾读完大学曾留学美国。1966年绕道回到祖国，"文革"期间心灵饱受伤害。1973年饮恨去香港，写出《尹县长》、《耿尔在北京》等"文革"题材系列小说，开启伤痕文学的先河，一举成为知名作家。其写作跨越乡土与现代：创作思想与题材接近乡土写实；多用象征等表现技巧，又偏于现代。小说直面人生，反映重大社会问题，充满强烈的时代气息，刻画人物善用讽刺手法。代表作有《陈若曦自选集》、《突围》、《纸婚》等。

🏴 学者型的散文：梁实秋的美文

梁实秋（1903－1987），散文家。早年在北京清华读书时就开始散文创作。1940年出版的《雅舍小品》奠定了他散文家地位。去台湾后，在散文艺术上精益求精，20世纪70年代是他创作与艺术的新高峰，成为对台湾散文发展产生重大影响的一代宗师。他的散文属于学者型散文，内蕴丰厚，行文优雅，潇洒幽默，亲切自然。描绘人生百态，表现清雅恬淡的人生情趣，追求充分享受人生的艺术生活，散文熔性情、学识、修养于一炉，形成特有的美文风格。

"右手写诗，左手写散文"的余光中

余光中（1928－　），台湾著名诗人、散文家。他著述丰富，自称右手写诗，左手写散文。在台湾诗坛具有重要地位，推动了台湾现代诗的发展。诗歌题材丰沛，形式灵活，风格多样。出版了《舟子的悲歌》、《蓝色的羽毛》、《钟乳石》、《余光中诗选》等近20部诗集。他还是成就卓著的散文家，著有《逍遥游》、《望乡的牧神》、《焚鹤人》等多本散文集。散文视野开阔，想象丰富，文字奇幻，风格豪放雄健，是台湾散文园的一枝奇葩。

第三章　星汉灿烂——外国文学经纬

文学是同人类文明一起成长起来的，外国文学大致可分为三阶段，即外国古代文学、文艺复兴至19世纪末西方文学、20世纪世界文学。

在漫长的上古和中古时期，东、西方各文明古国都创造了异彩纷呈、独具特色的古代文学。优秀的外国古代文学作品是人类文化的宝贵财富，古代文学是世界文学长河的源头，它为世界近现代文学的发展树立了学习的范本和楷模。

斗转星移，时光流逝，人类跨过了"千年黑暗"的中世纪，随着城市和商业的发展，新兴的资产阶级产生了。他们主张"以人为本"，以"大写的人"来反对神和教会的权威，反对封建制度，形成了以"人的解放"为目标的伟大思想文化运动。这场运动始于文艺复兴，直至19世纪资产阶级取得全面胜利为止。在"人本主义"的旗帜下，西方文学创造了伟大的新时期。

历史匆匆前行，随着时代的沧桑巨变，20世纪文学景观也发生了深刻的变化。西方现代派文学是20世纪文学主潮；同时，现实主义文学传统也在继续和发展。20世纪文学深刻揭示了人类生存境遇，力求探寻人性的方方面面，尤其是人类深层心理内容，使接受主体能更透彻地认识自己，认识他人，认识人世间。

🏵 世界最早的英雄史诗：《吉尔伽美什》

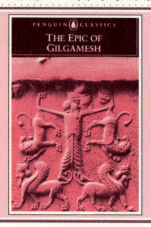

公元前4000年，亚洲西部底格里斯河和幼发拉底河之间的平原地区，出现了世界上最早的文明国家。史诗《吉尔伽美什》是古代两河流域人民神话传说总集，编成于公元前19世纪巴比伦王朝时期。史诗讲述了英雄吉尔伽美什为民除害及远游的故事，歌颂了他的英雄业绩，真实地反映了古代两河人民的生活和理想。其中"天神降洪"是世界上最早的"洪水故事"，圣经旧约中"诺亚方舟"的故事就来自这个"洪水传说"。

🏵 希伯来文学的经典：《旧约全书》

《圣经》是基督教的经书，分为《旧约全书》和《新约全书》两大部分。《旧约全书》是犹太教的圣经，同时也是希伯来文学的基本汇集，集中了古代希伯来文学最优秀的部分，内容有关于上帝创造世界的神话传说，有希伯来民族古代历史和生活的叙事故事和诗歌、箴言等，达到很高的艺术水平。《旧约》同古代希腊、罗马文学一样，是西方文学的两大源流之一，也是世界文学的宝贵财富。

伊朗中古文学的开创者——鲁达基

10～15世纪，伊朗文学取得了辉煌成就，达到了当时世界文学的最高水平。鲁达基（858－941）就是这一辉煌时期的开创者。鲁达基生长在农民家庭，对农村生活和民间文学很熟悉，年轻时曾任萨曼王朝的宫廷诗人。相传他写过上百万行的诗，但流传下来的不多。作品歌颂自然、人生和爱情，反对不平等的社会现象，表现了积极乐观的情感和进步的思想。在艺术上有许多创新，为伊朗诗歌的发展打下了基础。

✹ 帝王的兴衰：《列王记》

　　菲尔杜西（941－1020），伊朗萨曼王朝时期的著名作家。生于没落贵族家庭，青年时代即博学多识。《列王记》是他在贫困中历时35年完成的史诗，长达12万行。作品以波斯历代帝王的历史故事为题材，从远古的神话传说开始，讲述了25代王朝、50多个帝王的故事，作品共分三部，以第二部英雄故事写得最好。《列王记》是伊朗古典文学的典范，对伊朗中古时期文学的发展有很大影响。

✹ 漂泊四方的文学家——萨迪

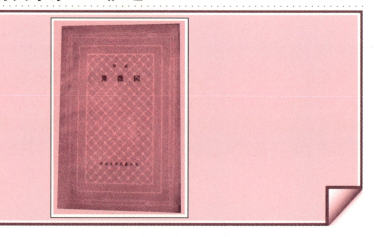

萨迪（约1203-1292），13世纪伊朗的著名作家，曾在巴格达一所著名的学院学习。青年时代远离家乡，作为行脚僧漫游过中亚、西亚、北非等许多国家，还到过印度和我国的新疆。一生创作了大量的诗歌，代表作是故事诗集《蔷薇园》。这部作品内容丰富，风格自然明朗，广泛运用了民间的成语、谚语、格言等，具有很高的艺术成就。《蔷薇园》一问世，很快就传遍了中亚、西亚诸国，也是欧洲最早翻译的东方名著之一。

阿拉伯文学的瑰宝：《一千零一夜》

《一千零一夜》又名《天方夜谭》，它是阿拉伯民间故事总集。全书共有134个故事，许多故事早在公元6世纪时就在波斯、伊拉克和埃及流传，于公元16世纪编订成书。故事题材丰富多样，广泛描写了中古时期阿拉伯的社会现实，充分表现了阿拉伯人民的生活理想和智慧。作品富于想象，故事神奇，人物对比鲜明，可称世界民间文学中的优秀代表。《一千零一夜》在世界各国广为传播，对西方文学的发展有重要的影响。

伟大的婆罗多族的故事：《摩诃婆罗多》

　　《摩诃婆罗多》是印度古代两大史诗之一，也是世界上最长的史诗。它源于古代印度的民间创作，约形成于公元前4世纪至公元4世纪。史诗主要讲述婆罗多族的两个支系般度和俱卢两大家族之间为争夺王国统治权进行的争斗，最终代表正义的般度族获得胜利的故事。作品内容浩繁，思想深刻，是古代印度人民智慧的宝库，2000年来在印度一直广为流传，对印度人民的生活、思想和文化影响极大。

印度文学的典范：《罗摩衍那》

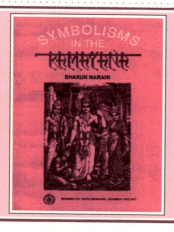

《罗摩衍那》意即"罗摩传",与《摩诃婆罗多》并称为印度古代两大史诗。原为民间传说,相传由一个叫蚁垤的人加工编写成书,形成于公元前 4 世纪至 2 世纪。它讲述了王子罗摩救妻和恢复王位的故事,罗摩被表现为德勇双全的英雄,反映了古代印度人民的政治理想。这部作品在艺术上非常成熟,为印度古典文学树立了典范,不仅对印度文学有重大影响,而且对周边国家及中国的古代文学也有相当影响。

古代印度的故事总集:《五卷书》

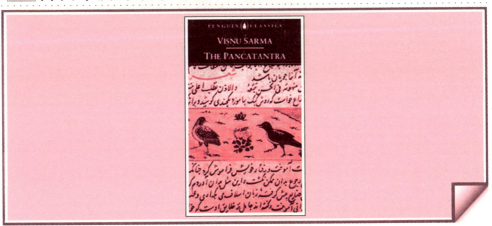

在古代印度文学中,故事文学非常发达,《五卷书》就是古代印度最大和最著名的童话和寓言故事总集,全书共分 5 卷,总计 78 个故事。这些故事绝大部分取自民间创作,内容丰富,颂扬了人民群众的聪明智慧,对贵族则多有讽刺。《五卷书》不仅在印度广为流传,同时也是一部具有世界影响的作品,公元 6 世纪流传到波斯,8 世纪译成阿拉伯语。欧洲许多国家也有文字译本。

佛教典籍中的文学

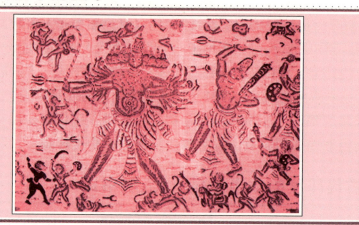

　　佛教创立于公元前 6 世纪左右的印度。在佛教的发展过程中，形成了浩瀚的佛教典籍。这些典籍虽然是宗教著作，但其中很多作品具有很高的文学价值，因此佛教典籍也是一座文学宝库。例如记载佛教创始人释迦牟尼言行的《本生经》，就是一部出色的故事文学作品，它收集了很多印度的民间传说、神话和寓言等，这些故事大都很生动，流传非常广。为了便于佛教教义的记忆与宣传，佛教典籍中还有大量以颂、赞形式出现的诗歌。

日本第一部诗歌总集：《万叶集》

《万叶集》分20卷，共收录诗歌4500首，集日本古代和歌之大成。最早的作品大约写于公元4世纪，最晚的作品作于公元795年，历时400年，于公元760年编订成书。作品以抒情为主，也有叙事的成分。作者有从皇室到平民各个阶级的人，因而作品的题材也非常广泛。《万叶集》的作品真率朴实，清新明快，形成了独特的"万叶风"，历来被尊为学习的典范，对日本诗歌的发展具有深远的影响。

日本第一部长篇小说：《源氏物语》

《源氏物语》的作者是日本平安时代的女作家紫式部（约978－约1016）。紫式部出生在一个有和歌传统的普通贵族家庭，曾在皇宫中担任女官。"物语"意为故事，也即日本古代的小说。《源氏物语》为百万字的长篇小说，通过描写皇子光源氏一生的经历，真实表现了没落贵族阶级的生活和思想感情，取得了卓越的艺术成就。它是日本古代物语文学的经典之作，对日本小说、诗歌、戏曲的发展都有重要的影响。

朝鲜最优秀的古典小说：《春香传》

　　《春香传》是朝鲜民间文学的优秀成果。16世纪就在民间流传，18世纪以唱台本形式上演，于18、19世纪形成小说。小说描写的是平民少女春香与贵族公子李梦龙的爱情故事，反映了封建社会的黑暗现实以及人民群众同封建统治的斗争，是一部具有进步意义的现实主义作品。小说塑造了很多典型的人物形象，艺术上富有民族特点。《春香传》是朝鲜古典文学中读者最多的一部作品。

西方文学的开篇：古希腊文学

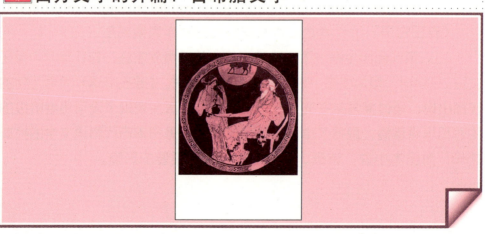

古代的希腊是西方文明的发源地。古代希腊人创造了独树一帜的海洋文明，古希腊文学是古希腊文明中最光辉的一页。古希腊文学从公元前9世纪起，到公元前2世纪止，经历了古希腊城邦民主制度发生、发展和衰落的全过程，期间相继出现了史诗、戏剧、散文和文学理论，形成了一个较为完整的文学体系。古希腊文学感情深刻，富有哲理意义和古典美，是世界文学中的宝贵财富，对西方文化、文学的发展影响深远。

幻想与传说的世界：希腊神话

神话是古希腊最早出现的文学，它是在长期的民间集体创作中形成的，由神的故事和英雄传说两部分组成。希腊神话反映了古希腊人的思想感情、社会生活和风俗。希腊神话主要保存在《荷马史诗》中。希腊神话的特点是神像人一样生活，有着人的思想感情和各种弱点，所以神的形象十分生动。希腊神话重视人间生活，颂扬个人幸福和爱情，闪耀着人本主义的光辉。希腊神话是古希腊文学和艺术的土壤，古希腊的诗歌、戏剧、绘画、雕塑等，主要取材于希腊神话。

智慧的宝库：《荷马史诗》

　　《伊利亚特》与《奥德修记》是欧洲最早的文学巨著，相传是古希腊的荷马所作，所以又称为《荷马史诗》。传说荷马是一个行吟于古希腊各城邦的盲歌手，可能生活在公元前 9 至 8 世纪。《荷马史诗》是古希腊文学最光辉的代表。在古代的希腊，《荷马史诗》被看成智慧的宝库，所有的城邦都把它当做学校教育的基础，当时人们认为是"荷马教育了希腊"。《荷马史诗》是欧洲文学史上的第一部经典，产生了巨大的影响。

宏伟的英雄史诗：《伊利亚特》与《奥德修记》

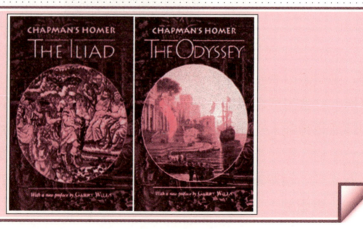

《伊利亚特》叙述希腊人远征小亚细亚的特洛伊城的故事，场面宏大，人物众多，天神也参加了双方战斗，特别是塑造了一系列个性鲜明的英雄形象，作品充满了英雄主义的气概。《奥德修记》讲的是特洛伊战争后，希腊将领奥德修率本部族战士还乡海上历险的故事。这两部作品全面反映了古希腊人的生活和理想，可称得上是古希腊时代的百科全书。

人与命运：古希腊悲剧

古希腊悲剧产生于公元前 6 世纪的希腊雅典，雅典发达的城邦政治生活为戏剧产生创造了重要条件。古希腊悲剧主要取材于神话和英雄传说，主要表现人与命运的冲突，反映文明社会初期的社会矛盾和社会斗争。古希腊悲剧歌颂英雄主义和爱国主义，具有崇高的风格。埃斯库罗斯、索福克勒斯、欧里庇得斯是著名的三大古希腊悲剧作家。古希腊悲剧是欧洲文学的典范，对罗马文学和欧洲近现代文学的发展有着深远的影响。

✳ 生活的漫画：古希腊喜剧

　　希腊喜剧主要起源于宗教节庆的歌舞表演，产生于公元前 5 世纪希腊城邦民主政治的繁荣时代。喜剧的题材多取自现实生活，通过漫画一样的夸张手法，对当时的政治和社会情况进行讽刺，嘲讽的对象往往是城邦中的当权人物和名人。喜剧虽然令人发笑，但主题是严肃的，思想也很深刻，反映了普通人民的利益和愿望。希腊喜剧有三大作家，最著名的是阿里斯托芬（约前446－前385）。

✳ 来自民间的智慧：《伊索寓言》

　　《伊索寓言》是古代希腊寓言的总集，相传为公元前 6 世纪的伊索所作，收有寓言400 则左右。传说伊索是一个奴隶，非常聪明。《伊索寓言》大多数是拟人的动物寓言，每篇寓言用一个动物故事来说明一个道理，这些道理是人民群众的生活智慧的总结。《伊索寓言》是寓言中的珍品，许多故事非常著名，如《狼和小羊》、《龟兔赛跑》、《乌鸦与狐狸》等。《伊索寓言》在欧洲以及世界上流传很广。

希腊文学传统的继承者：罗马文学

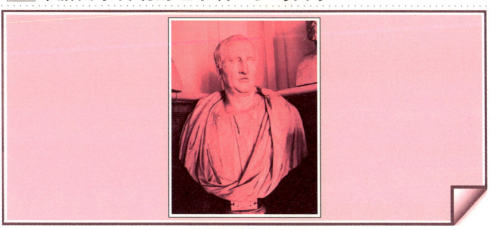

　　罗马文学是在学习、继承希腊文学成就的基础上发展起来了，它没有取得希腊文学那样大的成就。罗马文学主要有戏剧、诗歌和散文，重要作家有戏剧家普劳图斯、散文家西塞罗与恺撒、诗人维吉尔与贺拉斯。罗马文学的特点是讲求艺术形式，修辞方法被广泛运用到文学创作中，形成雅致的文学风格。罗马文学对欧洲文学的发展影响很大，欧洲文艺复兴与古典主义文学主要是通过罗马文学来学习希腊文学的。

修辞艺术的典范：罗马文学中的演说词

　　罗马文学最高成就是在散文的演说词方面。演讲是罗马政治斗争的一种重要形式，当时政治家都需要通过演讲来争取公民的支持，所以都非常重视和讲求修辞艺术，其代表作家一个是罗马政治家和哲学家西塞罗（前106－43），他的演说词词汇丰富，句法讲究，善用提问、致词、比喻、讽刺等修辞手段。另一个是著名的恺撒（约前102－44），他的散文以简明和朴实著称，成为罗马散文另一种典范。

欧洲中世纪的英雄史诗

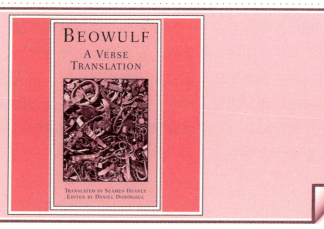

116

欧洲中世纪文学中英雄史诗非常繁荣。英雄史诗有两类，一类写氏族社会末期的英雄，代表作有英格兰的《贝奥武甫》和芬兰的《卡列瓦里》。另一类写封建时代的英雄，这类作品以历史和民间传说为根据，英雄的特点是忠君卫国。代表作有法国的《罗兰之歌》、西班牙的《熙德》、德国的《尼伯龙根之歌》和俄罗斯的《伊戈尔远征记》。英雄史诗对欧洲各民族国家的形成与统一有很大作用。

市民形象的代表：《列那狐故事》

12 世纪的欧洲，随着城市的出现，产生了反映新兴市民生活的城市文学，法国的《列那狐故事》就是城市文学的代表作。这部作品源自民间传说和寓言，经过很多人加工，到 14 世纪时形成长篇故事诗。作品讲述的是列那狐同依桑格兰狼斗争并获胜的故事。聪明的列那狐是当时新兴的城市市民的典型代表，列那狐的胜利象征着市民阶级反封建斗争的胜利。

❋ 人文主义的曙光：但丁与《神曲》

　　但丁·阿里盖利（1265—1321），欧洲中世纪向近代资本主义过渡时期的文化巨人，生于意大利佛罗伦萨一个小贵族家庭，知识渊博，做过佛罗伦萨的行政官，因政治斗争失败被长期流放。但丁写过许多著作，长诗《神曲》是他文学方面的代表作，作品歌颂了现世生活的意义，提倡学习知识和文化，赞扬人的智慧和才能，对教会统治进行了批判，第一次鲜明地表达了人文主义的思想，但对教会与神学的权威仍有很多的保留，表现了作者世界观上的矛盾。

❋ 新时代的先声：文艺复兴

文艺复兴是14～16 世纪在欧洲广泛发生的一场思想文化运动，是新兴资产阶级反对神权统治和封建专制的序幕。它首先发生在当时商业最发达的意大利，出现了彼得拉克、薄伽丘、达·芬奇、米开朗基罗等一大批文化巨匠，对西方文化的发展做出了巨大贡献。这场运动主要发生在文艺领域，并且是在自觉继承中断千年的古希腊罗马艺术传统的旗帜下进行的，所以称之为文艺复兴。当时具有人本主义思想的人被称作人文主义者。

聪明与爱情的故事：《十日谈》

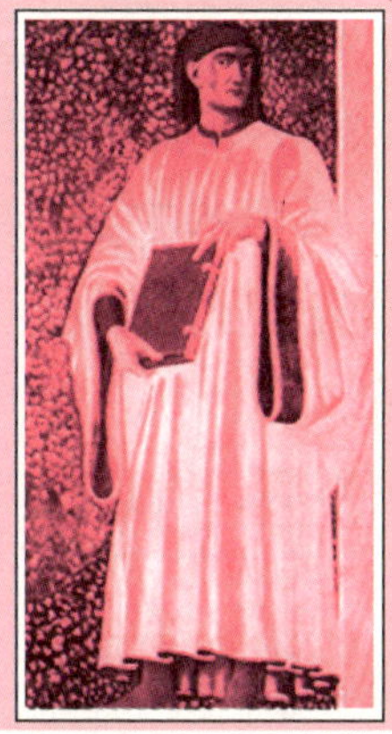

乔万尼·薄伽丘（1313—1375），意大利人，早年在那不勒斯经商，后半生住在佛罗伦萨，政治上拥护共和制，是第一个通晓希腊文的人文主义者。《十日谈》是薄伽丘的杰作，它是个故事集，以爱情和机智为主题，赞扬了新兴城市市民的聪明机智和青年男女的爱情，对僧侣和贵族的道德虚伪进行了讽刺，表现了重视现世生活和个人幸福的思想。《十日谈》对欧洲16、17 世纪现实主义文学发展有很大影响，开欧洲短篇小说的先河。

英国第一部现实主义文学的典范：《坎特伯雷故事集》

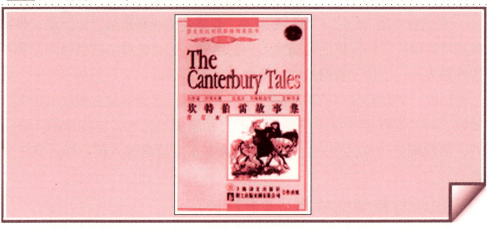

120

　　杰弗利·乔叟（1340－1400），生于伦敦一个富有的市民家庭，当过廷臣、关税督察和议员，从1377年开始，乔叟多次出使欧洲大陆，受到了人文主义思想的深刻影响。乔叟的主要作品是《坎特伯雷故事集》，由总序和24个故事组成，总序刻画了形形色色的朝圣香客，故事中有很大一部分是写爱情和婚姻问题的，还有一些是讽刺僧侣和教会的，作品真实地描写了14世纪英国的社会生活，表现了人文主义的思想因素，艺术上也取得了很高的成就。

作为文学家的马丁·路德

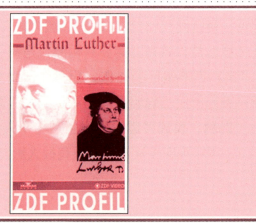

　　马丁·路德（1483－1546），16世纪德国宗教改革运动的领袖，生于一个矿主家庭，在大学学习期间受到了人文主义思想的影响。他在文学上最大贡献是根据人文学者对古代语言的研究成果，采用了德国人民的语言，花了十几年时间将《圣经》翻译成了德语。他的翻译非常成功，具有很高的文学价值，使德语《圣经》成了德语的典范，不仅对德国民族语言的统一发生了重大影响，而且创造了现代德国散文。

知识造就巨人：《巨人传》

　　《巨人传》是法国人文主义作家拉伯雷（1494－1553）的作品。《巨人传》取材于法国民间故事，用浪漫夸张的笔法讲述巨人国王格郎古杰祖孙三代的传奇故事。作者将人文主义对人的理想集中赋予在巨人形象中，特别强调了知识对"人的解放"的重要作用，认为只有掌握知识，才能使人"全知全能"，成为真正的"巨人"。作品还对当时宗教迷信和封建专制进行讽刺，对欧洲讽刺文学的发展有很大影响。

✹ 最后的骑士：《唐吉诃德》

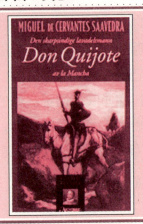

　　《唐吉诃德》是文艺复兴时期最重要的一部小说。作者塞万提斯（1547—1616），生于西班牙没落贵族家庭，一生穷困，但为人正直，信仰人文主义。小说主人公是个穷乡绅，因读骑士小说着迷，便起名唐吉诃德，模仿骑士外出游侠。他战风车，斗羊群，闹出许多荒唐故事。然而他除强扶弱，无所畏惧；扶危济困，一片至诚；智慧见识超群，是个真正的骑士。唐吉诃德游侠经历的失败，看似可笑，却是个令人悲伤的故事，因为现实生活不需要真正的骑士。

✹ 欧洲近代散文的创始人——蒙田

米舍勒·爱岗·德·蒙田（1533—1592），文艺复兴时期法国的思想家和作家，生于波尔多名门望族之家，知识广博，所提出的怀疑论哲学具有人文主义的进步意义，在当时影响很大。他的主要作品《散文集》是一部以漫谈形式写成的哲学和社会政治思想著作，由很多篇独立的文章构成。文章语言自然平易，善于运用日常语言和方言，有很高的文学价值。《散文集》创造了随笔散文这种新形式，对欧洲散文及文学的发展有重大影响。

文学巨匠莎士比亚

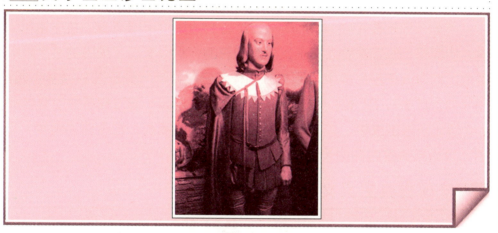

威廉·莎士比亚（1564—1616），英国文艺复兴时期的戏剧家，西方古典文学中最伟大的作家之一。生于商人家庭，青年时代到伦敦谋生，参加了剧团，一生创作了37部戏剧，有历史剧和悲、喜剧，以人文主义观点，深刻表现了封建社会衰落和资本主义兴起时期的社会生活和矛盾，创造了一系列闻名世界的典型形象，作品的情节、语言等堪称典范，对欧洲文学的发展影响重大。代表作有《威尼斯商人》、《哈姆雷特》、《罗密欧与朱丽叶》、《奥赛罗》、《李尔王》等。

🌟 以圣经为题材：弥尔顿与《失乐园》

124

约翰·弥尔顿（1608—1674），英国17世纪的重要作家，生于富裕的清教徒家庭，早年深受人文主义思想的影响，积极参加了英国的资产阶级革命。他以《圣经》故事为题材，创作了三部长诗《失乐园》、《复乐园》和《力士参孙》，以《失乐园》成就最高。《失乐园》通过描写亚当夏娃被上帝逐出乐园的故事，其中有政治与人生方面的寓意，也表现了作者人文主义思想同清教信仰的矛盾。

🌟 法国古典主义文学

古典主义是欧洲17世纪产生的文艺思潮，以当时的法国文学为代表。古典主义文学崇尚理性，强调个人服从国家，感情服从理智，创作中以古希腊、罗马文学为典范，讲究艺术形式的完美、严谨和语言的准确、明晰，并为戏剧写作提出了一些原则。法国古典主义文学在戏剧方面成就最高，代表了欧洲戏剧发展的一个新阶段，主要作家有高乃依、拉辛和莫里哀。法国古典主义文学对法语的纯正起到了重要作用。

荒岛传奇：《鲁滨逊漂流记》

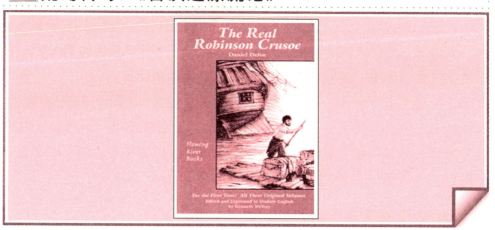

丹尼尔·笛福（约1660－1731），英国文学中第一个重要的小说家，生于小商人家庭，曾参加反封建专制的政治活动，主张发展资本主义工商业。《鲁滨逊漂流记》是笛福59岁时写成的一部长篇小说，主要描写主人公鲁滨逊在无人烟的荒岛上28年的生活经历，他通过自己的辛勤劳动，创造了财富和文明生活。鲁滨逊是资本原始积累与海外殖民时期创业英雄的代表，也是资本主义文明的代表。

🔅 幻想之国：《格列佛游记》

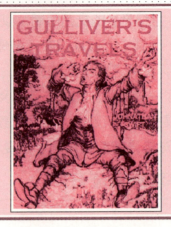

　　约拿旦·斯威夫特（1667－1745），英国18世纪杰出的讽刺作家，生于爱尔兰贫苦家庭，曾积极参加爱尔兰反对英国殖民统治的斗争，《格列佛游记》是他的代表作。这是一部幻想小说，也是一部伟大的讽刺小说。作者借主人公格列佛在小人国、大人国等幻想之国的游历，对当时英国的议会政治、战争与殖民政策等进行讽刺和抨击。这本书在世界广受欢迎，特别是大人国和小人国的故事更是人人皆知。

🔅 为时代画像的菲尔丁

亨利·菲尔丁（1707—1754），18 世纪英国和欧洲最杰出的现实主义小说家，生于破落贵族家庭，青年时代开始文学创作，一生写了 25 部戏剧和 4 部长篇小说，《汤姆·琼斯》是他的代表作。小说通过弃儿汤姆的生活，描绘了 18 世纪中叶英国城乡社会生活的广阔画面，真实了塑造了社会各阶层的典型人物，对有产者进行了讽刺批判。菲尔丁认为作家应该熟悉生活，他的作品对欧洲小说的发展影响很大。

✸ 伏尔泰的哲理小说

伏尔泰（1694—1778），18 世纪法国作家和启蒙思想家，原名弗朗索瓦·阿鲁埃，生于巴黎富商家庭。伏尔泰著作广泛，文学方面写过戏剧和诗歌，以《查弟格》、《老实人》、《天真汉》三部哲理小说成就最大。小说通过虚构的故事，对封建专制的黑暗和教会的虚伪进行了深刻批判；通过主人公形象的塑造，全面提出和阐述了作家的政治、社会和人的理想。伏尔泰的哲理小说对传播启蒙思想起到了重要的作用。

✳ 新时代的开创者——卢梭

　　卢梭（1712—1789），18世纪法国最伟大的思想家，文学上也有重要成就，生于瑞士钟表匠家庭，少年时代在学徒和流浪中度过，靠自学获得了广博的知识。他所著的《论人类不平等的起源》与《契约论》是西方思想史的经典著作。文学作品主要有《新爱洛伊丝》、《爱弥儿》和《忏悔录》，共同特点是重视表现个性和情感。卢梭的思想和文学创作对欧洲19世纪浪漫主义文学的兴起起到了十分重要的作用，可称得上是浪漫主义文学的旗手。歌德说："卢梭开始了一个新时代。"

✳ 司各特与《艾凡赫》

华特·司各特（1771—1832），英国著名的历史小说家，生于苏格兰的没落贵族家庭。他的创作以历史小说为主，《艾凡赫》是其名著之一。小说描写了12世纪末英国封建主义全盛时期种种复杂的矛盾和斗争，其特点是善于在个人经历中描写历史，善于表现复杂的社会关系和塑造普通人物的形象。司各特是欧洲文学中第一个以历史题材写小说并获得成功的作家，创造了历史小说这一新的文学领域。

■ 奥斯汀与《傲慢与偏见》

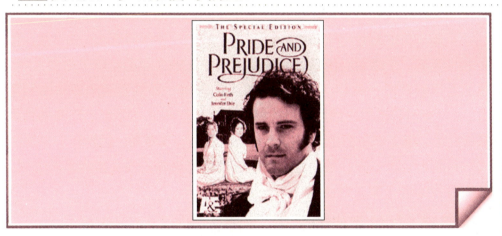

简·奥斯汀（1775—1817），英国现实主义女作家，生在一个乡村牧师家庭。她的小说专写婚姻与爱情问题。《傲慢与偏见》通过描写几对中产阶级青年男女的婚姻，批判了以门第、金钱为基础的传统婚姻，提出了以男女平等、爱情为婚姻原则等新的观念和理想，具有时代的进步意义。奥斯汀善于表现中产阶级的日常生活，能够将平凡的人物和生活的琐事准确细致地描写出来，又富于风趣，这些非凡的文学才能在《傲慢与偏见》中得到了充分的表现。

✦ 德国最伟大的文学家——歌德

约翰·沃尔夫岗·冯·歌德（1749—1832），德国思想家和文学家，生于法兰克福一个富裕市民家庭，曾就读于莱比锡大学和斯特拉斯堡大学，思想上深受卢梭、莱辛、斯宾诺莎等人的影响，喜欢研究自然科学与艺术。26岁时应邀担任魏玛公爵的枢密顾问和首相达十多年。与席勒有深厚的友谊。重要作品有小说《少年维特之烦恼》、《威廉·迈斯特的学习时代》和剧本《浮士德》等。其文学创作代表了德国古典文学的最高成就，名列世界伟大作家之林。

✦ 历经60年完成的名著：《浮士德》

　　《浮士德》是歌德用近60年时间以诗歌形式写成的剧作，共两卷，取材于民间传说，描写浮士德博士为寻求生活的意义，经历了知识、爱情、政治、美和事业五个阶段，终于在改造自然、为人类服务的事业中找到了答案。浮士德是一个全面发展、热爱生活、积极有为的人物形象，是文艺复兴以来人的理想在文学上的集中总结和概括，也表达了歌德对世界未来的乐观主义。《浮士德》因成功地表现了一个伟大的主题而成为世界文学中的杰作。

格林兄弟与《格林童话》

　　雅可夫·格林（1785—1863）和威廉·格林（1786—1859），兄弟两个都是德国的语言学家，生于小官吏家庭。他们非常重视德国的民间文学，兄弟二人密切合作，通过走访，采集了200多个童话故事，整理、出版了三卷本的《德国儿童与家庭童话集》，即《格林童话》。《格林童话》保存了德国民间文学纯朴和幻想丰富的特点，充分表现了劳动人民的愿望和智慧。《灰故娘》、《白雪公主》等都是其中的名篇。《格林童话》在全世界享有盛名。

✳ 浪漫主义文学

132

　　浪漫主义是欧洲19世纪文学的主要潮流。浪漫主义是在18世纪德国唯心主义哲学、法国启蒙主义和英国空想社会主义的影响下发展起来的，是资产阶级民主自由思想在文学上的表现。浪漫主义的艺术特点是注重表现理想和抒发个人情感，注重描写大自然景色，注重以民间传说为创作素材，多用夸张的手法进行描写，风格较华丽。浪漫主义是一次文学革新运动，它结束了古典主义的统治地位。从思想内容上看，浪漫主义有消极浪漫主义和积极浪漫主义两个流派。

✳ 拜伦的诗

乔治·戈登·拜伦（1788－1824），英国19世纪浪漫主义诗歌的代表作家。生于贵族家庭，受过良好的教育，曾两次长期到欧洲各国漫游。他的作品描写广阔，密切关系着时代的重大政治社会问题，作品的主人公大都是孤独的英雄，为个人自由而同黑暗的社会作斗争，但又以虚无主义看待生活，被称为"拜伦式的英雄"。拜伦是19世纪最有影响作家之一，代表作是长篇叙事诗《恰尔德·哈罗德游记》和《唐璜》。

✸ 雨果的《悲惨世界》

维克多·雨果（1802－1885），法国浪漫主义文学运动领袖，法国最有才华的作家之一。创作生涯长达60年，代表作有《悲惨世界》、《巴黎圣母院》和《笑面人》等。《悲惨世界》的创作历时20年，基本情节是冉阿让的悲惨生活史，作者关注中心是不幸者的"悲惨世界"，对下层人民痛苦命运的描写在小说中占主要地位，主要价值在于揭示在那个社会里穷人注定要过悲惨生活。小说将现实主义与浪漫主义完美结合，其中最激动人心的描写是巴黎人民起义的壮丽场面。

🏵批判现实主义文学

　　批判现实主义是欧洲19世纪30年代兴起的文艺思潮，它在继承现实主义真实表现生活的文学传统上，更注重表现社会矛盾和社会问题，表现封建贵族的没落与资本主义兴起的社会过程，重视塑造典型环境中的典型人物，对资本主义的社会关系进行了深刻的批判，但不同的作家对批判现实主义有不同的理解，创作上又有不同的特点。代表作家有法国的司汤达、巴尔扎克，英国的狄更斯和俄国的果戈理、托尔斯泰等。

🏵时代两色：司汤达与《红与黑》

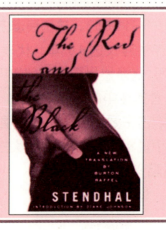

司汤达（1780—1842），法国批判现实主义最早的代表作家，原名马利·亨利·贝尔，生于律师家庭。其文艺论著《拉辛与莎士比亚》是批判现实主义的第一部理论文献。他的小说《红与黑》是批判现实主义文学的第一部成熟作品，通过对个人野心家于连形象的塑造，反映了新兴资产阶级与封建贵族的争权夺利的斗争。书名中的“红”指法国军队，“黑”指教会，“红”与“黑”代表了当时法国新旧两大政治集团，从军或当教士，是个人奋斗两条道路。

时代的书记官：巴尔扎克与《人间喜剧》

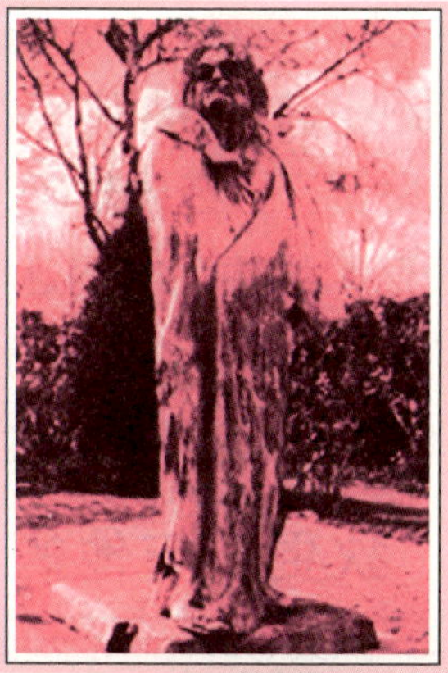

巴尔扎克（1799—1850），法国19世纪伟大的批判现实主义作家，生于中产阶级家庭。他宣称“法国社会将要作历史学家，我只能当它的书记”，为此他计划创作名为《人间喜剧》的系列社会长篇小说，全景式地反映当时的法国社会生活，巴尔扎克以勤奋的创作，完成了90余部作品。巴尔扎克的小说长于描写日常生活和人物环境，创造了一系列形象鲜明的典型人物，对资产阶级社会的金钱关系进行了深刻的批判。

✺ 金钱关系的演绎：《高老头》

　　金钱关系是巴尔扎克《人间喜剧》中所要表现的根本问题，而以长篇小说《高老头》最为典型。小说描写退休商人高里奥为了满足两个女儿的虚荣和奢华生活，不惜耗尽资产，结果却被抛弃，同时还描写了富有野心的青年拉斯蒂涅在巴黎资产阶级生活中的逐渐堕落。围绕这两个人物，作品广泛而又真实地再现了当时的社会生活和时代风尚，塑造了众多的典型人物，深刻地表现了资本主义社会关系的金钱本质。

✺ 工场时代的良知：狄更斯与他的小说

狄更斯（1812-1870），英国19世纪批判现实主义文学的代表作家，生于贫困的小职员家庭，12岁当学徒，共创作了十几部长篇小说。19世纪的英国是工业资本主义大发展的时代，狄更斯的小说注意通过描写普通人民的生活来反映当时的社会问题，对资本家的功利主义和社会的黑暗进行了严厉的批判，是文学中社会改良主义的先声。主要作品有《老古玩店》、《大卫·科波菲尔》、《双城记》等。

✹ 萨克雷与《名利场》

萨克雷（1811-1863），英国批判现实主义的重要作家，出生在官员家庭，受过贵族教育，青年时代过着挥霍的生活，30岁时开始以写作为生，作品有35卷之多。长篇小说《名利场》是他的代表作，写的是资产者的生活，他们标榜道德理想，实际信奉的却是利己主义，热衷于名利，小说真实了塑造了一群资产阶级伪善者的群像，具有深刻的社会批判意义。对伪善的批判是萨克雷文学创作的一个重要特点。

✿ 爱情与尊严：夏洛蒂·勃朗特与《简·爱》

世界文学名著

简·爱

[英] 夏洛蒂·勃朗特著 黄淑仁译

夏洛蒂·勃朗特（1816－1855），英国女作家，出身于清苦的牧师家庭，上过教规严厉、生活条件恶劣的寄宿学校，后来当过家庭教师。《简·爱》是她的第一部小说，讲述了穷苦孤儿简·爱从小寄养在富亲戚家，饱受虐待；少年时在寄宿学校又受到物质、精神的双重折磨；后来到一个地主家做家庭教师，为了尊严，宁愿放弃爱情的故事。书中女主人公就是作者的影子。简·爱的奋斗经历和她的坚强、独立精神，使她成为英国文学中独具光彩的妇女形象。

✿ 爱米丽与《呼啸山庄》

爱米丽·勃朗特（1818－1848），英国女作家，夏洛蒂·勃朗特之妹。《呼啸山庄》是她唯一的小说。主人公是山庄主抚养的弃儿希斯克利夫，因受到种种歧视愤而出走，发财后回到山庄，不择手段复仇的故事。深刻地揭示了一系列人物，包括主人公悲剧性的病态心理，也展示了人物间矛盾冲突的现实社会基础。作者用浪漫主义笔触描写自然环境，增强了神秘和狂暴的气氛，结构上采用目击山庄变化的老家人给陌生人讲故事的倒叙手法，更增强了小说的神秘色彩。

梅里美的小说

普罗斯佩·梅里美（1803－1870），法国19世纪小说家，生于巴黎一个画家的家庭，曾在政府机关任职，1922年结识了司汤达，对他的文学创作起到了很大影响。早期写过抨击教会和封建贵族戏剧和历史小说，重要作品有法国文学中第一次描写农民起义的戏剧《雅克团》。梅里美文学上的成就主要是中短篇小说，这些小说表现了卓越的艺术才华，塑造了一系列具有时代特点的个性鲜明的人物形象，代表作有《塔曼果》、《高龙巴》与《嘉尔曼》等。

✵ 塞纳河上的"灯塔"：福楼拜与《包法利夫人》

　　居斯塔夫·福楼拜（1821－1880），法国作家，生于医生家庭。他的创作以客观、冷静著称，代表作《包法利夫人》是其第一部长篇小说，描写一个富裕农民的女儿爱玛受浪漫文学和上流社会浮华生活的影响而堕落的故事，小说刻画了形形色色的资产者，但没有一个正面人物，显示了福楼拜批判现实主义的特点。福楼拜非常勤奋，常年通宵达旦进行写作，他的窗户也就自然成了塞纳河夜间渔人的灯塔。他的作品对西方现代文学有很大影响。

✵ "世界短篇小说巨匠"莫泊桑

　　基·德·莫泊桑（1850－1893），19世纪下半期法国杰出的批判现实主义作家。他生于破落贵族家庭，在母亲、舅舅影响下，从小喜爱文学，年轻时曾拜师文学巨匠福楼拜门下，学习写作。他的小说从不同角度和侧面反映了1870～1890年间法国社会生活的状况，其中优秀作品有《羊脂球》、《项链》、《菲菲小姐》、《米隆老爹》、《两个朋友》、《我的叔叔于勒》等。他一生共写了350多篇中短篇小说，因在短篇小说创作上成就突出，有"世界短篇小说巨匠"之称。

✹ 自然主义的创始人——左拉

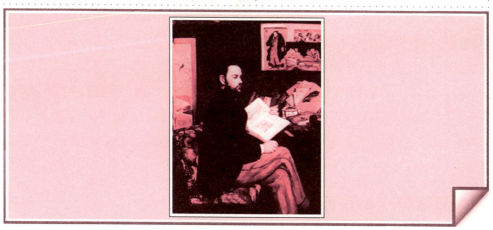

　　自然主义是欧洲19世纪60年代出现的一种文学思潮，受自然科学方法的影响，自然主义认为文学写作应像科学实验一样，能够得出符合某种自然科学规律的结论，他们提倡研究环境对人的影响，提倡描写细节和细节的真实，主张小说家写作要客观超然，只观察研究不作结论。自然主义对19世纪末和20世纪初的世界文学有广泛的影响。法国作家塞米尔·左拉是自然主义理论的提出者和代表作家，代表作有长篇小说《小酒店》、《娜娜》、《金钱》、《萌芽》等。

✳ 最早描写产业无产者斗争的杰作:《萌芽》

塞米尔·左拉（1841—1902），法国著名的小说家，出生于一个工程师家庭，青少年时代在贫困中度过，曾做过工人和小职员。他用25年时间创作了由20部长篇小说组成的文学巨著《卢贡·马卡尔家族》，全书长达600万字，内容涉及当时法国社会生活的各个方面。左拉对社会问题十分关注，这部巨著中有许多描写无产者生活的小说，《萌芽》就是其中最优秀一部。小说以煤矿工人的生活和罢工斗争为题材，成功地表现萌芽时期的工人运动。

142

✳ 都德与《小东西》

阿尔封斯·都德（1840-1897），法国著名小说家，生于破落的丝绸商家庭，很早就独自谋生，17岁到巴黎开始了文学奋斗之路。1866年发表了描写法国南部风土人情的短篇小说集《磨坊文札》，获得了声誉。一生共写100多篇短篇小说和十几部长篇。《小东西》是他的第一部长篇小说，描写了一个贫穷少年的生活经历与个人奋斗，主人公很大程度就是作家自己。都德的短篇小说很著名，代表作为著名的《最后一课》。

田野上的风：哈代与他的小说

托马斯·哈代（1840-1928），英国的重要小说家之一。父亲是建筑师。哈代是职业作家，他的主要作品是他称之为"威塞克斯小说"的系列长篇小说。主要描写其家乡英国南部的农村生活，表现资本主义影响下传统田园生活的破坏与消失。小说对乡村的自然景色和风俗有很多精彩描写，表达了对宁静、纯朴的农村田园生活的怀念。主要作品有《卡斯特桥市长》、《德伯家的苔丝》和《无名的裘德》。哈代的小说在20世纪才日益受到重视。

❋ 为艺术而艺术：王尔德与唯美主义

　　奥斯卡·王尔德（1854—1900），英国文学家，生于爱尔兰一个医生家庭里，在牛津大学读书时开始文学创作。王尔德提出了唯美主义的文学主张，认为艺术家应该为艺术而艺术，不应有社会功利目的，这种文学理论对20世纪的文学艺术产生相当广泛的影响。王尔德具有多方面的文学才能，他的童话集《快乐王子集》风格典雅，是世界童话中的经典之作。王尔德在戏剧方面成就最大，对19世纪末英国戏剧的复兴有重要贡献，代表作有《温德米尔夫人的扇子》等。

❋ 童话之王——安徒生

安徒生（1805—1875），丹麦童话作家，生于穷苦的鞋匠家庭，写过诗歌、小说、戏剧，以童话最为成功。一生共发表156篇童话。安徒生的童话是一个美丽的幻想世界，讲述着“小锡兵、美人鱼、丑小鸭”等平凡、纯真、善良的小人物的故事，他们生活在友爱与和平中，表现了劳动人民高尚品质和生活理想，对统治者则多有讽刺。安徒生童话是世界上读者最多的文学作品，安徒生则是第一个为丹麦和北欧赢来世界声誉的作家。

“向自由的曙光致敬”的密茨凯维奇

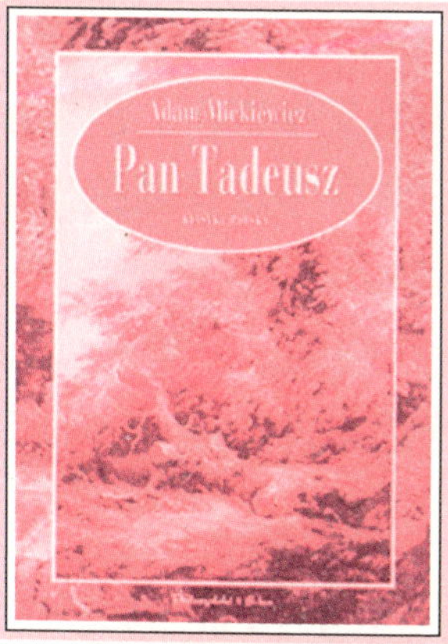

亚当·密茨凯维奇（1798—1855），波兰诗人，波兰19世纪浪漫主义文学的开创者，生于没落的小贵族家庭。当时波兰被沙皇俄国统治，密茨凯维奇从大学时代开始参加秘密爱国组织的活动，25岁时被沙皇政府流放到俄国近5年时间，从此一直流亡国外。民族独立和民主自由是密茨凯维奇诗歌的基本主题，代表作为长诗《塔杜施先生》，描写18世纪末、19世纪初波兰贵族的生活和复兴波兰的解放斗争，对波兰的自然风光与风土人情多有描绘。

☀ 显克维支和他的历史小说

　　亨利克·显克维支（1846－1916），波兰19世纪著名现实主义作家，生于地主家庭，大学期间开始文学创作。显克维支认为反映波兰光辉历史的文学作品可以在祖国解放斗争中发挥团结人民、鼓舞人心的作用，所以他主要创作历史小说，但也写现实题材的小说。主要作品是以《三部曲》为名的系列历史小说。《你往何处去》是一部描写罗马帝国同基督教斗争的历史小说，显克维支因这部小说获得1905年诺贝尔文学奖。他的小说深受波兰人民的喜爱。

☀ 新升起的星座——19世纪俄罗斯文学

19世纪俄国文学出现了世界文学史上少见的壮观景象，在仅仅一个世纪的时间中，一个文学传统并不深厚的土地上，却出现了文学的大繁荣，涌现出了从普希金到托尔斯泰一大批文学巨人，使俄罗斯摇身一变而成为一个文学大国。俄罗斯作家是时代的先行者，肩负着时代赋予的责任，他们的创作教育了整整一个世纪的俄罗斯人，为黑暗的时代带来了光明、理想和希望。19世纪俄罗斯文学是世界文学中的宝贵财富。

近代俄国文学的开创者：普希金

亚历山大·谢尔盖耶夫维奇·普希金（1799—1837），生于贵族家庭，童年时代开始写诗，青年时代就读于贵族学校皇村中学，接受了自由主义思想的影响，曾因写政治诗被政府流放。普希金具有多方面文学天才，在诗歌、小说、戏剧与童话等各方面都取得很高的成就，成为俄罗斯文学的典范之作。普希金的创作为俄国民族文学的形成和文学语言的丰富与提高做出了重大贡献。

☀ 第一个"多余的人"的形象

　　《叶甫盖尼·奥涅金》是普希金的代表作，是一部诗歌形式的小说，描写贵族青年奥涅金的生活与爱情。奥涅金受过资本主义文明的熏陶，也曾有过热情和理想，但在俄国的时代环境中，最终还是无所作为，成为生活中"多余的人"。描写"多余的人"是19世纪俄国文学的一个基本主题，奥涅金是"多余的人"形象长廊中的第一个典型。从俄国历史看，"多余的人"在当时的社会中传播了先进的思想，唤醒了俄罗斯，是时代的先行者，并不多余。

☀ 莱蒙托夫与《当代英雄》

米哈依尔·尤里耶维奇·莱蒙托夫（1814－1841），俄国著名文学家，生于贵族家庭，曾两次被流放。学生时代开始文学创作，写有诗歌、小说和剧本。《当代英雄》是他小说代表作。描写流放到高加索的青年军官毕巧林的生活故事，主人公聪明、有教养，孤独高傲，不满意过空虚无聊的贵族生活，但又没有理想。毕巧林是当时贵族青年的典型概括，是俄国文学中"多余的人"画廊中一幅出色的画像。这一形象的塑造，为俄国19世纪批判现实主义的发展做出了重要贡献。

"多余人"的另一个典型：《奥勃洛莫夫》

伊凡·亚历山大罗维奇·冈察洛夫（1812－1881），生于贵族商人家庭，毕业于莫斯科大学，当过国民教育部的图书审查官。他写过三部长篇小说和其他一些作品，以《奥勃洛莫夫》最为有名。小说描写了一个青年地主的生活，他受过良好的教育，思想进步，但是，他非常懒惰，一生大部分时间在睡梦中度过，安于一种平静和享乐的生活，虽然有才华，但最终无所作为。"奥勃洛莫夫"是俄国文学中多余人形象又一个典型，表现了一代贵族知识分子的没落。

🎖 理想的歌颂者：屠格涅夫和他的小说

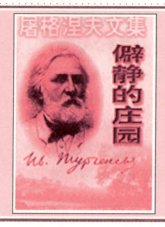

屠格涅夫文集

僻静的庄园

И. Тургенев

伊凡·谢尔盖耶维奇·屠格涅夫（1818—1883），俄国著名的小说家，生于贵族家庭。早年发表了批判农奴制的短篇小说集《猎人笔记》。主要作品是以《罗亭》、《父与子》为代表的六部长篇小说，这些小说塑造了从"自由主义者"到"民主主义者"一系列俄国进步知识分子的形象，及时生动地反映了社会生活中萌芽状态的新生事物，为一代又一代俄罗斯先进青年预示了新的理想。他的中、短篇小说也很著名，文笔优美，具有浓厚的抒情意味。

🎖 车尔尼雪夫斯基与《怎么办》

尼古拉·加夫里洛维奇·车尔尼雪夫斯基（1828－1889），俄国19世纪著名思想家、文学批评家和作家，生于牧师家庭，曾担任进步杂志《现代人》的主编，因参加政治活动被长期流放。长篇小说《怎么办》描写了几个平民知识分子的生活道路，他们积极参与改造社会的活动，用"社会主义原则"开工厂，为工人办学校，用新观念处理婚姻爱情问题。小说以这些"新人的故事"为俄罗斯的前途提供了一个答案。这部小说在当时起到很大教育作用，被誉为"生活的教科书"。

☀ 文学泰斗托尔斯泰

列夫·尼古拉耶维奇·托尔斯泰（1828－1910），俄国最伟大的小说家，生于一个伯爵家庭。大学期间读过卢梭等人的著作，曾当过军官，两次赴欧洲考察，在自己的领地中进行一些改革。早期作品有《一个地主的早晨》，描写一个青年地主想帮助农民却最终失败的故事。代表作是《战争与和平》、《安娜·卡列尼娜》两部长篇小说。他的作品描写了广阔的社会生活画面，深刻地反映表现了俄国资本主义发展时期的社会问题，表现出为俄罗斯和俄罗斯人民寻求光明和理想的博大情怀。

大时代中的社会与人生：《战争与和平》

　　托尔斯泰的这部长篇小说虽名为《战争与和平》，但主题却是要表现俄国的前途命运和人的生活理想。小说以四大贵族家庭的生活为线索，气势恢宏地描写了 1812 年的俄法战争和这一重要历史时期俄国的社会生活，画面之广阔，如同一部百科全书。作品重点塑造了保尔康斯基和别祖霍夫两个信仰博爱主义的青年贵族形象，他们是托尔斯泰人生理想的楷模，并被看做是俄罗斯未来的希望。作家的理想主义使作品表现出一种壮美的风格，成为世界文学名作。

以短篇闻名世界的文学家契诃夫

安东·巴·洛维奇·契诃夫（1860-1904），俄国19世纪末重要作家，生于小商人家庭，做过医生。契诃夫写有中篇、短篇小说共470多篇，其中大多是短篇。短篇小说主要以日常生活的小事为题材，着重描写小市民的庸俗习气，表现了专制制度下灰暗的生活氛围，既有冷峻的讽刺，也有沉重的伤叹。但在中篇小说《草原》中，作家还是在大自然和纯朴的人民中发现了俄罗斯的力量与希望。契诃夫也是著名的戏剧家，创作了很多剧本。

美国"童年"时代的画像：欧文的小说

华盛顿·欧文（1783-1859），美国第一位获得国际声誉的作家，生于纽约一个富商家庭，曾长期旅居欧洲，期间发表了散文故事集《见闻札记》，被欧洲各国竞相翻译出版，影响很大。在《瑞普·凡·温克尔》等故事作品中。作者用浪漫的笔法描写偏僻乡村纯朴善良的风俗民情，表现和赞美了殖民时期美国生活的自然与古朴。因他在作品中第一次成功运用了民族题材，为美国民族文学的发展做出了重要贡献，因而享有"美国文学之父"的称号。

✳ 现代文明与原始文明——库柏的边疆小说

154

詹姆斯·费尼莫·库柏（1789－1851），是在小说领域中第一个运用民族题材的美国作家，生于大农场主家庭，写有小说30多部。代表作是边疆小说"皮袜子丛书"系列，由5部长篇组成，主人公是一个绰号为"皮袜子"的白人猎人，"皮袜子"是作者理想中的人物，他热爱森林生活，热爱自由，并为此采取了印第安人的生活方式。作品通过对"皮袜子"传奇生活的描写，真实反映了美国西部开发的历史过程，对殖民主义和资本主义文明进行了批判。

✳ 美国文艺复兴的领袖——爱默生

拉尔夫·华尔多·爱默生（1803－1882），美国19世纪的思想家、散文作家和诗人，出生于波士顿一个教会家庭，当过牧师和义务布道者。在英国浪漫主义文学的影响下，他提出了先验主义的思想理论，主张凭智慧直接认识真理，反对权威，提倡发展美国的民族文学，对美国19世纪浪漫主义文学和文学艺术的复兴起到了十分重要的作用。他的散文朴实简洁，富有气势，形成了一种独特的风格，是美国散文中的经典之作。

西方第一部绿色经典：《瓦尔登湖》

亨利·大卫·梭罗（1817－1862），美国作家，生于工厂主家庭，青年时代与爱默生过往甚密，信奉先验主义但有自己的观点。他主张人应当回到大自然中寻找生活的意义，号召人们放弃一切非生活需要的东西，过最简朴的生活。他努力实践自己的观点，曾在家乡的瓦尔登湖独自居住了26个月，作品《瓦尔登湖》就是这段生活的记录。20世纪以来，随着绿色思想的兴起，梭罗的主张越来越受到重视，《瓦尔登湖》也成了西方第一部绿色经典。

✹ 废奴文学的代表作：《汤姆叔叔的小屋》

　　斯托夫人（1811－1896），美国女作家，生于一个牧师家庭，青年时代随全家迁往邻近南部蓄奴州的辛辛那提，亲眼看到了逃亡黑奴的苦难情况，并曾多次给以援助。斯托夫人十分同情黑人的命运，写出了长篇小说《汤姆叔叔的小屋》，作品通过主人公老黑奴汤姆和其他黑奴的命运，对南部蓄奴制的黑暗进行了控诉，表现了黑人的善良品格和权利意识的觉醒。这部小说在当时影响很大，为美国废除奴隶制做出了重要贡献。

✹ 捕鲸生活的百科全书：《白鲸》

赫尔曼·麦尔维尔（1819－1891），美国浪漫主义小说的重要代表作家，生于商人家庭，家境衰落使他少年时代就出外谋生，从事过很多职业，20岁时到捕鲸船上当水手，航行过很多地方，这段经历使他成为一个专写航海生活的小说家。代表作《白鲸》是一部描写捕鲸生活的长篇小说，"白鲸"是小说创造的一个重要的富有神秘色彩的形象。一般认为"白鲸"是资本主义生产方式的象征，表现了作家对美国早期资本主义的认识。

惠特曼与《草叶集》

华尔特·惠特曼（1819－1892），美国19世纪最杰出的诗人，父亲是一个贫穷的农民。他很早就外出谋生，做过木工、排字工、农村教师、报纸编辑等很多工作，靠自学成为作家。主要作品是诗歌集《草叶集》。惠特曼生活的19世纪正是美国自由资本主义蓬勃发展的时代，《草叶集》充满了对新时代的乐观憧憬和热烈的称颂，描绘出了美国正在兴起的新世界朝气蓬勃的青春形象。《草叶集》对美国文学和世界文学都有重要影响。

✦ 镀金时代的讽刺者：马克·吐温和他的小说

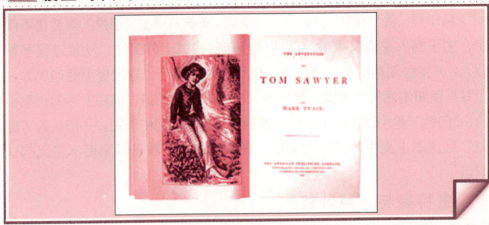

　　马克·吐温（1835—1910），美国伟大的小说家，原名萨缪尔·兰亨·克里斯曼斯，生于地方法官家庭，在密西西比河上当过水手。19世纪是美国历史上的黄金时代，马克·吐温与人合写了长篇小说《镀金时代》，对当时的政治腐败和幻想发财的社会风气进行了讽刺。在两部描写儿童生活的代表作《汤姆·索亚历险记》和《哈克贝利·费恩历险记》中，作家以他特有的诙谐笔调，表现了美国青春时代乐观、自由和欢乐的情绪。

✦ 小人物的世界：欧·亨利的短篇小说

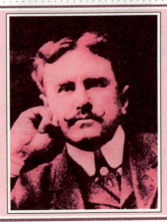

欧·亨利（1862－1910），美国著名的短篇小说家。他原名威廉·西德尼·波特，生于医生家庭，15岁时开始浪迹社会，做过学徒、银行职员和杂志编辑。曾长期卖文为生，每星期得为报纸写一个短篇小说，一生共写了300多篇短篇小说。短篇小说绝大多数写的是小人物的凄凉故事，自称是纽约400万贫民的代表。笔调看似幽默实则辛酸，形成他"含泪的微笑"的独特风格。著名的短篇有《麦琪的礼物》、《最后的藤叶》等。

❋ 为艺术家立传：罗曼·罗兰与《约翰·克利斯朵夫》

罗曼·罗兰（1866－1944），法国著名作家，生于中产阶级家庭，曾在大学任美术和音乐教授。罗曼·罗兰对艺术的作用看得非常高，在文学创作中也总是以艺术家为主角，写了《米开朗基罗传》、《贝多芬传》和《托尔斯泰传》3部有名的艺术家文学传记。他的代表作长篇小说《约翰·克利斯朵夫》的主人公也是一名音乐家，小说描写了这位孤傲不群的艺术家个人奋斗的生活道路，作家把他看做是能够克服资本主义文明弊病的优秀人物。

❋ 高尔斯华绥与《福尔赛世家》

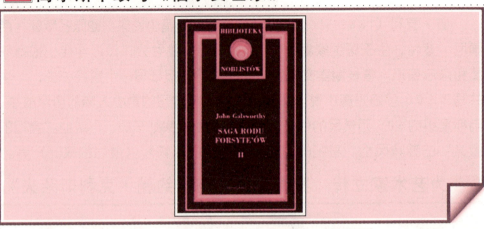

160

约翰·高尔斯华绥（1867—1933），英国杰出的现实主义作家，生在资产阶级家庭，受小说家康拉德的影响走上文学道路。主要作品是《福尔赛世家》的三部曲小说，描写一个资本家家族两代人的生活，《有产业的人》是三部曲的第一部，也是最好的一部，这部作品成功地塑造了索米斯这个只知金钱和财产的资本家形象。但高尔斯华绥认为索尔斯这样的资本家仍是社会的栋梁，并可以变得好一些。1932年，高尔斯华绥因《福尔赛世家》而获得诺贝尔文学奖。

❋ 资本家的演变：《布登勃洛克一家》

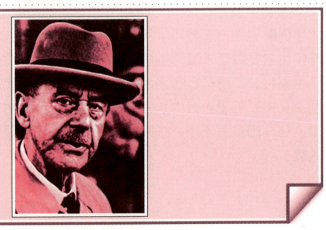

托马斯·曼（1875-1955），20世纪德国的主要作家之一，其兄亨利希·曼也是著名的作家，生于德国大商人家庭。青年时代开始文学创作，作品经常出现的主题是资产阶级的没落。代表作《布登勃洛克一家》描写大商人布登勃洛克家族的兴衰历史，这个固守老式商业道德的家族最终在竞争中失败了，与此同时是不讲诚信的新一代资本家的兴起，表现了自由资本主义到垄断资本主义的历史过程。1929年，因这部小说托马斯·曼获得诺贝尔文学奖。

✹ 大时代中的两代人：《蒂波一家》

罗歇·马丁·杜伽尔（1881-1958），法国现代小说家，曾当过古文学文库的管理员，这一工作为他从事写作提供了很好的帮助，第一次世界大战期间应征参军。马丁·杜伽尔的代表作是《蒂波一家》，这是他花了18年时间创作的八卷巨著，是法国现代文学中的又一部"长河小说"。小说通过以蒂波一家父子、兄弟间的矛盾为主线，全面、真实地描写了20世纪初到第一次世界大战时法国社会的生活。马丁·杜伽尔因这部小说而获得了1937年的诺贝尔文学奖。

法国天主教著名作家——莫里亚克

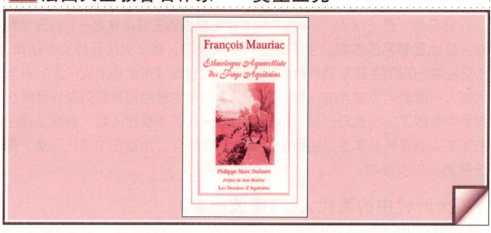

弗朗索瓦·莫里亚克（1885—1970），生于法国波尔多一个资产阶级家庭，少年时在教会学校读书，并成为一名忠诚的天主教信徒，1906年到巴黎学习并开始写作。他的小说主要写他的故乡波尔多地区庄园资产者的生活，他从宗教观念出发来描写自己的阶级，表现了外省资产者的保守、愚昧、虚伪和充满了阶级偏见的荒漠一样的生活。代表作有《苔蕾丝·德斯盖鲁》和《爱的荒漠》等。莫里亚克获得了1952年诺贝尔文学奖。

哈谢克与《好兵帅克》

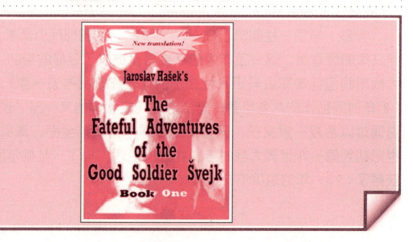

雅洛斯拉夫·哈谢克（1983－1923），捷克斯洛伐克优秀的讽刺小说家，生于布拉格一个穷教师家庭。第一次世界大战中，哈谢克应征当兵，被派到俄国打仗，在俄国参加了十月革命。《好兵帅克》是他的一部杰出的政治讽刺小说，通过描写士兵帅克在第一次世界大战中的经历，对奥匈帝国的政治、军队的腐败与黑暗进行了讽刺和抨击，并成功地塑造了帅克这一富有智慧、对人民充满同情的普通士兵的典型形象。这部小说已被译成几十个国家的文字。

从报童到小说家：杰克·伦敦与《马丁·伊登》

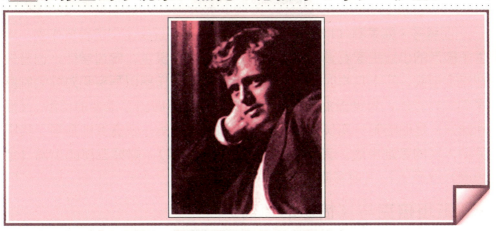

杰克·伦敦（1876－1916），美国批判现实主义作家。他的一生非常富有传奇色彩，少年时当过报童、工人、水手，曾积极参加过美国的工人运动。杰克·伦敦是靠自学成为作家的，一生创作了多部中短篇小说集和19部长篇小说，作品中有很多是写工人生活和工人运动的。《马丁·伊登》是他的代表作，叙写主人公马丁·伊登从依靠个人奋斗成为作家到最终幻灭的生活道路，小说基本上是作家的自传。

🏵 德莱塞与他的小说

　　西奥多·德莱塞（1871－1945），美国批判现实主义的重要作家，出生于破产的小业主家庭，中学没毕业就开始独立谋生，做过学徒，也曾失业流浪街头，二十几岁时靠自己努力当上记者。作品以写实和对社会制度深刻批判见长，为美国批判现实主义文学的发展做出了重要的贡献。《嘉利妹妹》是他的第一部长篇小说，在美国文学中第一次真实地描写了美国劳动人民的苦难生活。其他重要作品还有《天才》、财经三部曲小说《金融家》、《巨人》、《斯多噶》等。

🏵 斯坦倍克与《愤怒的葡萄》

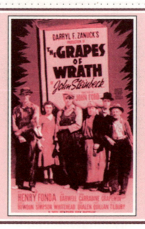

164

约翰·斯坦倍克（1902—1968），美国著名小说家，生于加里福尼亚一个中产阶级的家庭，从小生活在田野和牧场上，对乡村生活十分熟悉。他的作品主要写垄断时代农业工人的生活。《愤怒的葡萄》是他的代表作，叙述了30年代一批破产农民移民西部的故事，他们互相友爱，组成自治团体与资本集团进行斗争，并从中看到生活的希望。为写这本书，作家曾和流浪工人一起生活。1962年，斯坦倍克因这部现实主义的小说而获得诺贝尔文学奖。

无产阶级文学第一个伟大代表——高尔基

阿列克塞·马克西莫维奇·高尔基（1868—1936），苏联文学家，生于木工家庭，只上了3年小学，10岁时开始独立谋生，当过学徒、童工等，工余勤奋自学、读书。青少年时期的流浪生活，使他广泛了解俄国下层社会和人民的贫苦生活。1892年开始文学创作，主要作品有剧本《小市民》，长篇小说《母亲》、《克里姆·萨姆金的一生》、《童年》、《在人间》、《我的大学》等。描写工人运动的《母亲》是俄国无产阶级文学的第一部长篇小说。

✺ 《童年》、《在人间》和《我的大学》

高尔基从童年时就开始阅读生活这本大书，《童年》、《在人间》和《我的大学》就是高尔基以自己童年和青少年时代的经历写成的三部曲小说。在这三部小说中，作家描绘了一幅广阔的底层社会的生活画卷，这里有农民、工人和形形色色的小市民，小说不仅写出了他们苦难或者平庸的生活，也写了他们的情感世界，不仅写出了他们的各种弱点，更写出他们的善良和对美好生活的向往。

✺ 20 世纪的"歌德"：伯尔

亨利希·伯尔（1917—1985），生于德国科伦一个木匠家里，青年时当过书店学徒，1939年被拉去当兵，经历了6年的战争生活。1946年开始文学创作，早期主要写战争生活的小说，50年代起转写现实题材，取得了很高的文学成就。伯尔对平民生活比较熟悉，他的小说主要描写小人物的生活，对种种社会弊病和德国军国主义传统进行了批判。主要作品有《无主之家》、《九点半钟的台球》等。伯尔的小说对复兴当代德国文学做出了贡献，他获得1972年诺贝尔文学奖。

✳ 历史的教训：伦茨和《德语课》

西格弗里茨·伦茨（1926—　），德国当代著名作家，二战结束前被征到德法西斯海军服役。曾在汉堡大学读过文学和哲学，担任过报纸编辑，1951年发表了第一篇小说《空中之鹰》，得到了文学界的重视。1968年创作的长篇小说《德语课》，以一少年写作文回忆过去的形式，总结了在德国法西斯统治期间，很多德国人盲目为法西斯政权服务的深刻历史教训，是当代西德最重要的作品之一。其他主要作品还有中篇小说《面包与运动》和《灯船》等。

🎌 现代派文学

　　现代派是西方文学中最富有时代特征的流派。现代派文学萌芽于 19 世纪的唯美主义文学，兴盛于 20 世纪 20～80 年代。现代派文学是现代西方各种文学流派的总称，其共同特点是对资本主义文明的怀疑和悲观态度，注重表现人的心理世界，力图从个体的角度探索人类的前途与命运，在文学形式上，广泛应用各种新的表现方法。因与传统文学完全不同，所以被称为现代派文学。现代派文学的出现是 20 世纪世界文学最重要的现象。

🎌 现代小说的先驱者——詹姆斯

亨利·詹姆斯（1843—1916），英美杰出的小说家，他生在美国，长年居住在英国，最后将国籍也改成了英国，这使他名列于英美两国现代文学史中。他一生创作了22部长篇小说和100多篇中短篇小说，主要描写年轻单纯的美国人在复杂的欧洲社会的生活经历，表现两种不同文化与风尚的矛盾与斗争。他还对现代小说艺术进行了一系列的实验，是西方第一个注重细致心理描写的作家，对西方现代小说艺术的发展产生了广泛的影响。代表作是《奉使记》。

英国现代文学的明星——康拉德

约瑟夫·康拉德（1857—1924），生于波兰一个贫穷的知识分子家庭，17岁到法国当水手，21岁到英国，在英国商船上工作了16年，当过船长。他20多岁时对英语还目不识丁，一生却用英语写出了30多部文学作品。他的小说可分海洋、丛林和社会政治三类，道德问题是这些小说的基本主题。他特别注重人物心理世界的描写，并成功运用了许多现代小说的表现手法，代表作有《吉姆老爷》等。康拉德对现代小说的发展有重大的影响。

◆ 象征主义文学

　　象征主义是西方现代派文学中出现最早、影响最大的流派，是西方古典文学和现代文学的分界线。象征主义起源于19世纪中叶的法国，到20世纪20～40年代发展成为国际性的现代派文艺运动。象征主义认为文学应当着重表现内心世界，主张以有声有色的物象，通过暗示、对比、烘托和联想的方法，来表达内在的观念和微妙的情感。对工业社会中科学主义和物质主义的担心是象征主义产生的社会原因。象征主义文学主要表现在诗歌、戏剧领域里。

◆ 叶芝的诗歌

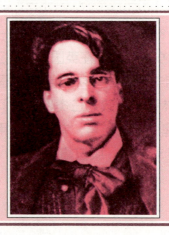

170

勃特勒·叶芝（1865—1939），20世纪初爱尔兰文艺复兴运动的领导人之一，生于画家家庭，曾任爱尔兰议员，一生以写作为职业，主要写诗和剧本，以诗歌成就最大，是象征主义诗歌在英国的主要代表，对现代英国诗歌的发展产生了重大影响。他的诗歌运用洗练的语言，以坚实的现实生活为内容，通过繁复的意象，生发多层次的象征意义，进行人生的哲理探索。代表诗作有《茵纳斯弗利岛》、《拜占庭》等。叶芝于1923年获得诺贝尔文学奖。

英美现代诗歌的代表——艾略特

托马斯·斯特恩斯·艾略特（1888—1965），现代主义诗人和批评家，出生在美国一个商人家庭中，在美国和英国读大学。1909年开始发表诗歌，并提出了现代主义的诗歌理论。1922年长诗《荒原》发表，产生了重大影响，由此开创英美现代主义诗歌的新时代。《荒原》描绘了一个荒芜的"荒原形象"，认为失去宗教信仰的现代西方文明不过是一个颓败的荒原，表现了那个时代的悲观失望情绪。艾略特于1948年获得诺贝尔文学奖。

✷ 意象派诗歌的领袖——庞德

　　艾兹拉·庞德（1885-1972），美国诗人和批评家。1908年赴欧洲，同一些英国和美国诗人发起了意象派诗歌运动。意象派诗歌要求表达清晰具体的"意象"，不用多余的词进行装饰。意象派诗歌以新鲜生动的意象、简洁的表达和丰富的寓意，使衰落多时的英美诗歌重新兴盛起来，走向了现代主义的新天地。庞德是意象派诗歌的理论家和最杰出的代表，对意象派诗歌的成长贡献最大，名作《在地铁车站》，只有两行。

✷ 表现主义文学

　　表现主义最早出现在绘画领域，认为艺术不是再现，而是表现，要求描写事物的内在本质和永恒的品质。表现主义文学首先产生于20世纪20年代的德国，然后影响到欧美。表现主义文学注重表现作者的主观思想和内心活动，从主观出发来表现客观，主要是通过具有整体象征意义的人物或故事来表现作者对生活的认识。表现主义文学在戏剧、小说方面有重要成就，主要作家有瑞典的斯特林堡，德国的凯撒、托勒，捷克的恰佩克，美国的奥尼尔和奥地利的卡夫卡。

✳ 童话与现实：《沉钟》

　　盖尔哈特·霍普特曼（1862—1946），德国优秀剧作家，生于一个旅店老板家庭，对普通人民的苦难生活有较多的了解，文学作品主要有剧本和小说，早期写过自然主义的戏剧。《沉钟》是一部童话剧，写于1896年，以一个铸钟人铸钟失败的故事，表现了资本主义社会中艺术家的命运，剧中描绘了两个世界，即神奇美丽的童话世界和愚昧的现实世界，通过两个世界的对比，表达了对现实社会的失望。

🔆 机器人的世界：《万能机器人》

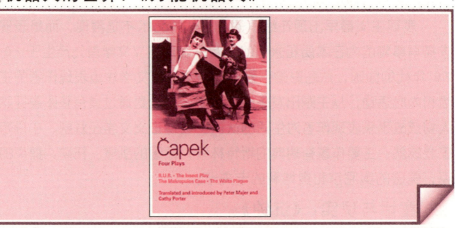

　　卡莱尔·恰佩克（1890—1938），捷克现代著名作家，生于乡村医生家庭，曾做过记者，对社会有广泛的了解，写有小说、戏剧等十几部作品。恰佩克对20世纪工业与科学的发展对社会与人类未来的影响非常关注，写过多部科幻文学。写于1920年的剧本《万能机器人》就是这方面的代表作，作品通过描写一个机器人生产工厂中人与机器人的故事，对资本主义的机器文明进行了讽刺和批判。作品在当时产生了很大的社会影响。

🔆 20世纪最优秀的小说家——弗兰兹·卡夫卡

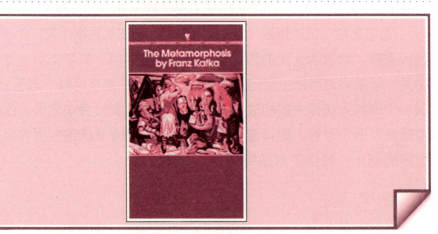

　　卡夫卡（1883-1924），奥地利著名作家，生于布拉格犹太中产阶级家庭，在布拉格大学获博士学位，曾做过保险公司的职员。卡夫卡一生写过三部长篇小说和四部中短篇小说集，这些小说刻画了一个神秘、荒诞和没有道理可言的世界，具有高度的哲理性和象征性，深刻地表现了现代文明的异化本质。艺术上虽然将其列为表现主义，实则集中了现代主义文学的各种特点，具有独特的风格。卡夫卡对西方现代文学各派都有巨大的影响。

❀ 现代文明的寓言：《变形记》

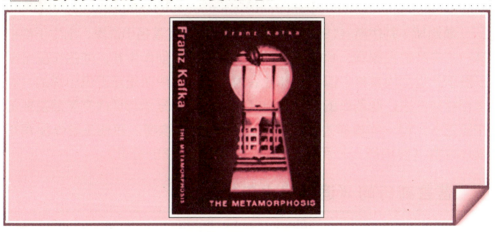

　　中篇小说《变形记》（1912）是卡夫卡的代表作：推销员格里高尔·萨姆沙一天早晨睡醒后，发现自己变成了一只巨大的甲虫，从此他失去了人的生存状态。这部小说第一次从文学上表现了"异化"这个主题，形象地阐述了现代社会人的地位和生存状态的变化，说明人本主义关于人的理想在资本主义文明中是不可能实现的。小说以寓言的形式对现代社会的本质进行了深刻的概括，是公认的现代文学的经典作品。

🌸 意识流小说的开创者——乔伊斯

　　詹姆斯·乔伊斯（1882-1941），爱尔兰现代著名小说家，出生于都柏林一个中产阶级家庭，1902年开始了他的流亡创作生涯。他的作品全部以爱尔兰生活为素材，以都柏林社会为背景。乔伊斯是意识流小说的开创者和经典作家，他创作的长篇小说《尤利西斯》是西方现代文学最重要的作品之一，但一向被称为"天书"，很少有人能读懂。其他主要作品有短篇小说集《都柏林人》和长篇小说《青年艺术家的画像》。

🌸 普鲁斯特的《追忆似水年华》

　　马赛尔·普鲁斯特（1871－1922），法国小说家，生于富裕的资产阶级家庭。1892 年开始发表作品。他最出名的小说是 300 万字的巨著《追忆似水年华》，小说以第一人称写成，以意识流的手法通过主人公对往事的回忆，描写了 20 世纪初期法国社会生活的变化和人们的思想情绪，表现了对生活和人生的迷惘与失落的情感。这部小说在西方现代文学中评价很高，被认为是意识流小说的经典之作，影响也非常大。

为了共产主义的未来：马雅可夫斯基的诗

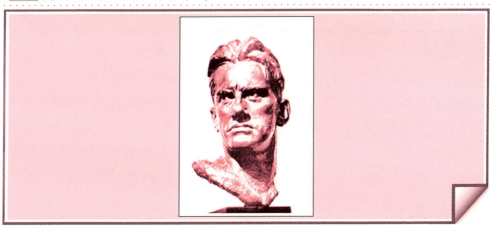

　　马雅可夫斯基（1893－1930），苏联早期著名诗人，生于格鲁吉亚一个林务官家庭，学生时代参加政治活动，1908 年参加了布尔什维克党。马雅可夫斯基是在未来主义的旗帜下开始写作诗歌的，他是俄国未来主义文学的重要作家，但他的未来主义同西方的不同，不是歌颂而是批判资本主义文明，他所憧憬的是共产主义的未来。他早期未来主义的作品主要有《破裤子的云》和《一亿五千万》。30 年代，他的创作逐渐走上了现实主义的道路。

❋ "迷惘的一代"的代表——海明威

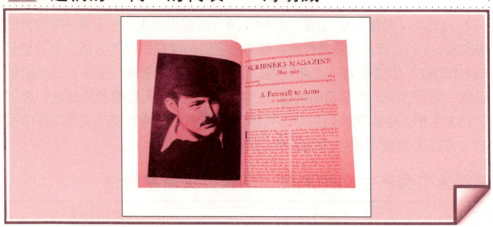

178

　　欧内斯特·海明威（1899－1961），美国著名现代作家，生于医生家庭，曾当过新闻记者，参加过两次世界大战，一生经历极富传奇色彩。1926年海明威发表了长篇小说《太阳照样升起》，描写一群参加过欧洲大战的青年在巴黎漫无目的的生活，表现了找不到人生理想的一代青年人对生活的"迷惘"，成为"迷惘的一代"的代表作。其他重要作品有《永别了，武器》、《老人与海》等。海明威因《老人与海》获得了1954年诺贝尔文学奖。

❋ "人生来不是被打败的"：《老人与海》

《老人与海》是海明威晚期的一部作品，1952年出版后，受到世界各国文学界的广泛注意和重视。小说描写古巴老渔人桑提亚哥驾着一只小船，在茫茫大海上捕鱼，历尽千辛万苦才捕到一条大鱼，却在归途中被鲨鱼吃尽，结果失败而归，但老渔人并没有对生活失去信心。作者的寓意是：人在世界上的奋斗虽然难以取得胜利，但人不能被打败。这里既有对社会与人生的深刻悲观，也有海明威以往作品中少见的乐观主义。

幻想与现实：拉美魔幻现实主义

20世纪60年代，拉丁美洲文学取得了空前的发展，拉美各国出现了一批世界级的大文学家，他们是哥伦比亚的加西亚·马尔克斯，阿根廷的胡利奥·科塔萨尔，秘鲁的巴加尔斯·略萨，墨西哥的卡洛斯·富恩特斯和智利的何塞·多诺索等。这些拉美作家的共同点是：在学习西方现代派文学创作手法的基础上，将拉美传统文化，特别是印第安文化广泛运用到文学创作中，形成了幻想与现实相结合的表现方法，这种独特的风格被称为拉美魔幻现实主义。

🔆 拉丁美洲的百年风云：《百年孤独》

　　加西亚·马尔克斯（1928— ），当代哥伦比亚作家，拉美魔幻现实主义最重要的代表。他小时候生活在农村的小城镇中，听过很多的印第安神话传说，27 岁时开始当记者。1967 年他发表了长篇小说《百年孤独》，描写布恩迪亚家族 7 代人充满神奇色彩的坎坷命运，反映了 19 世纪初到 20 世纪上半叶哥伦比亚以及拉丁美洲近百年来的历史变迁。它是拉美魔幻现实主义文学的代表作品。加西亚·马尔克斯获得 1982 年诺贝尔文学奖。

🔆 新大陆的梦想：聂鲁达

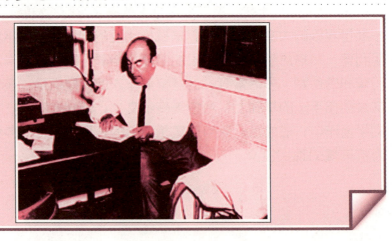

巴勃罗·聂鲁达（1904—1973），智利当代著名诗人，生于一个铁路职工家庭。13岁开始发表诗歌，17岁到圣地亚哥一所大学读法语，1927～1942年，他被派往许多国家任领事。聂鲁达一生创作了大量的诗歌，诗歌题材广泛，风格多样，具有大自然的广阔与清新，尤以政治诗歌闻名世界，代表作有《1948年纪事》、《伐木者醒来吧》等。聂鲁达为20世纪拉美民族诗歌的复兴做出了重要的贡献，他获得了1971年诺贝尔文学奖。

印度的世界文化名人——泰戈尔

罗宾德拉纳特·泰戈尔（1861—1941），印度近代著名的文学家和社会活动家，生于地主家庭，曾留学英国。泰戈尔博学多才，一生在诗歌、戏剧小说以及哲学、政治、音乐绘画等方面创作了大量作品，对印度文学的发展影响很大。以诗集《吉檀伽利》获诺贝尔文学奖。《吉檀伽利》意为献给神的歌。作品以秀丽而又抒情的语言，表达了对祖国和人民的热烈情感以及对美好世界的呼唤，表现了东方文化的博大与崇高。

✹ 伟大的人生教师：夏目漱石与《我是猫》

182

夏目漱石（1867-1916），日本近代杰出的现实主义作家，原名夏目金之助，生于一个小官吏家庭，曾被派往英国留学，研究英国文学，一生写了多部长篇小说。夏目漱石是日本明治时期首先对所谓的"文明社会"进行批判的作家，表现了一个作家的良知，因此他被誉为伟大的人生教师。1905年他发表了第一部长篇讽刺小说《我是猫》，作品通过一只猫的眼睛，描写主人公中学教师苦沙弥的家庭生活及周围的社会环境，抨击了当时黑暗的社会。

✹ 龙家的故事：《大地》

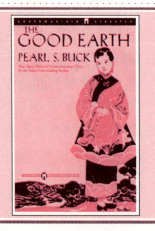

赛珍珠（1892－1972），美国女作家，赛珍珠是她中文名，英文名为珀尔·巴克，出生于传教士家庭，幼时随父到中国传教，在镇江、苏北生活了十几年，十分熟悉中国的风土人情。少年时代赛珍珠有一个姓龙的房东，龙老先生为赛珍珠讲了许多中国民间故事，这些故事对赛珍珠产生了极大的影响。1930年，赛珍珠以龙家的历史为素材，发表了一部描写中国生活的小说《大地》，成为当年美国第一畅销书。赛珍珠因此获得1938年诺贝尔文学奖。

非洲文学的经典：《老黑人与奖章》

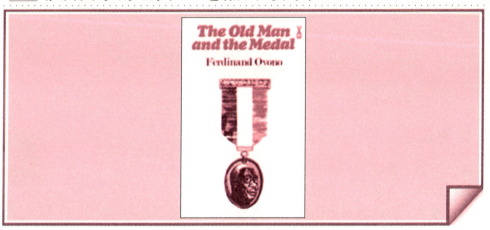

斐迪南·莱奥波尔·奥约诺（1929－　），喀麦隆著名作家，1950年就读于法国巴黎大学。奥约诺创作了多部谴责殖民主义的小说，代表作是《老黑人与奖章》，描写一个老黑人因对殖民事业有贡献，殖民当局决定给他一枚奖章，消息传来老黑人与同族都认为很光荣，发奖当晚老黑人却因在黑夜的风雨中走进白人住区而遭到鞭打，现实的教育使黑人们终于明白黑人与殖民统治者之间永远不会有什么友谊。这本小说已被译成多种文字。

图书在版编目（CIP）数据

文学瑰宝／李延微主编．—长春：吉林出版集团股份有限公司，2009．3
（全新知识大搜索）
ISBN 978-7-80762-613-8

Ⅰ．文… Ⅱ．李… Ⅲ．文学欣赏－世界－青少年读物 Ⅳ．I106-49

中国版本图书馆CIP数据核字（2009）第027859号

主　编：李延微

编　委：刘立新

文学瑰宝

策　　划：曹恒　　责任编辑：息望　付乐
装帧设计：艾冰　　责任校对：孙乐
出版发行：吉林出版集团股份有限公司
印刷：河北锐文印刷有限公司
版次：2009 年 4 月第 1 版　　印次：2018 年 5 月第 12 次印刷
开本：787mm × 1092mm 1/16　　印张：12　字数：120 千
书号：ISBN 978-7-80762-613-8　定价：32.50 元
社址：长春市人民大街 4646 号　　邮编：130021
电话：0431-85618717　传真：0431-85618721
电子邮箱：tuzi8818@126.com